广雅

聚焦文化普及,传递人文新知

广大而精微

故事里的中国 3

公孙策 著

两汉兴衰

广西师范大学出版社
· 桂林 ·

两汉兴衰
LIANGHANXINGSHUAI

本书中文繁体字版本由城邦文化事业股份有限公司-商周出版在台湾出版，今授权广西师范大学出版社集团有限公司在中国大陆地区出版其中文简体字平装本版本。该出版权受法律保护，未经书面同意，任何机构与个人不得以任何形式进行复制、转载。

著作权合同登记号桂图登字：20-2022-058 号

图书在版编目（CIP）数据

两汉兴衰 / 公孙策著. --桂林：广西师范大学出版社，2023.3

（故事里的中国；3）

ISBN 978-7-5598-5752-1

Ⅰ．①两… Ⅱ．①公… Ⅲ．①历史故事－作品集－中国－当代 Ⅳ．①I247.81

中国国家版本馆 CIP 数据核字（2023）第 014960 号

广西师范大学出版社出版发行

（广西桂林市五里店路9号　邮政编码：541004）

网址：http://www.bbtpress.com

出版人：黄轩庄

全国新华书店经销

广西广大印务有限责任公司印刷

（桂林市临桂区秧塘工业园西城大道北侧广西师范大学出版社集团有限公司创意产业园内　邮政编码：541199）

开本：787 mm × 1 092 mm　1/32

印张：10.625　　字数：201 千

2023 年 3 月第 1 版　　2023 年 3 月第 1 次印刷

定价：58.00 元

如发现印装质量问题，影响阅读，请与出版社发行部门联系调换。

总序
读历史，要进入历史情境

读历史有什么用？

20年前我加入台湾商周出版"中文经典100句"丛书的作者群，当时的目标很清楚：学生可以很快撷取经典中的名句，不必"浪费时间"读经典全文，对作文分数有益——那是"有用的历史"。

之后有一次，我对一位在台湾学习中文的澳洲年轻朋友说，他们学中文是着眼进入中国经商或就业，除了听说读写，能用中文作简报很重要，而如果能在简报中加入中国的历史，必定能够大大加分，对"拿到案子"肯定有帮助——那也是"有用的历史"。

然而，历史当然不是只有那些肤浅的层面。于是，如何提高读者对读历史的兴趣，乃成为我给自己的课题。商周出版何飞鹏社长对我说："你的长处是读了一大堆讲不完的历史故事，应该通通写出来。"我豁然开朗，只要读者爱听故事、爱看故事，自然就进入历史了。于是我开始在一个文学网站上写中国的历史故事，从盘古开天讲起。那些虽然是神话，但已经进入中国人的记忆，成为历史的一部分。

我花了三年多时间，写了超过一千个故事，才写到春秋时代。这时，黄靖卉总编提议"可以结集出版纸本书"。我心想，要出版就要写大家喜欢看的，于是就以《吴越春秋》为主干，写了"公孙策说历史故事"系列的第一本《英雄劫》(台湾版书名)。《吴越春秋》跟《三国演义》相同，采用小说笔法写历史，故事可读性要比正史(例如《左传》《史记》)高得多。同时考量如果全部用白话文平铺直叙说故事，似乎太平板了，因此加入"原典精华"让读者能够领略经典的精彩部分。

这一开始就没停下来，连续写到现在已经9本。这12年中，我自己对这些历史故事也有了新的心得，正好借这次为简体字版发行写总序，提出来跟读者分享。

第一梯次上架3本：《吴越春秋》《楚汉传奇》《两汉兴衰》，后两本的时代舞台都是群雄逐鹿天下。所谓英雄，有时势造英雄，有英雄造时势，只会打顺风球的称不上真英雄，小有局面就顾盼自雄的根本是狗熊。有大格局、开阔心胸才能一统天下，但是真英雄未必一定要当皇帝。而这两场逐鹿大戏中，各有一次当世两位真英雄交手的历史场景：

第一个场景是《楚汉传奇》中，韩信东征平定齐地（大约今天山东省）之后，派使者向汉王刘邦请求："齐人狡诈多变，反反复复，南边又与楚国接壤。如果只以占领军名义，恐怕难以搞定，希望能封我一个'假王'，我才有镇压齐人的正当性。"

刘邦当时在荥阳城中养箭伤，看到韩信来书，大怒，开骂："老子困处此地，日夜期盼你来帮我，你小子却只想自己封王！"

话说一半，张良和陈平各踩了一下刘邦的脚跟，附耳进言："我们正处于不利情况，哪有力量阻止韩信称王？不如顺势立他为齐王，更厚待他，至少让他中立，守住齐地就好。否则的话，他可以自立为齐王，甚至可能跟项羽联合，那可后果严重啊!"

刘邦是个聪明人,一点就透,立即改口,仍以开骂口气说:"没出息,大丈夫平定诸侯之地,当然就是真王,还当什么'假王'!"于是派张良为使节,带着印信,到临淄去封韩信为齐王。

真正的高手是张良,张良衡诸大局,研判项羽只有一招——策反韩信,此时千万不能让韩信有丝毫不安的感觉,而刘邦则顿时领悟,封韩信为齐王。

第二个场景是《两汉兴衰》中,马援衔隗嚣之命,先去成都"观察"公孙述,然后去洛阳"观察"刘秀。

刘秀完全不摆架子,在洛阳宣德殿南边的走廊下接见马援,却只在头上包了帻巾(儒士装束),坐在席上,笑着说"阁下遨游二帝之间,今日相见,令人惭愧",意思是"你先去看公孙述,然后才来我这里,显然有先后轻重之别,令我惭愧"。

马援面对已经称帝的刘秀,说出了旷世名句:"**当今之世,非但君择臣,臣亦择君矣!**"(处在今日的国际局势之下,不只是君主选择臣子，臣子也选择君主啊！）然后他对刘秀说："之前我去成都，公孙述戒备森严，如今我来陛下这里，陛下怎知我不是刺客呢？"刘秀说："你不是刺客，最多不过是说客吧！"

刘秀肯定情报灵通，知道马援去成都时公孙述大摆排场，令马援十分不满。而马援是隗嚣的特使，隗嚣居于两个皇帝之间，要马援帮他判断"靠哪一边才对"，刘秀因此特别低姿态"演"给马援看。等见到马援，发现马援是超级人才，于是又刻意表现豁达大度，最终吸收了马援这个英雄加入团队。

如果我们读历史故事就当小说或连续剧那样看，这两个场景不过数行文字，一眼就过去了。可是如果我们稍微咀嚼一下，对后来刘邦大杀功臣，杀了韩信而没杀张良，就不会太意外。简单说，张良原本一直希望复兴韩国，因为项羽杀了韩王而选择辅佐刘邦，张良从来不想要逐鹿称王，而韩信却有可能成为刘家子孙的最大威胁。

马援呢？马援原本辅佐隗嚣，可是发现隗嚣气度格局不如刘秀而跳槽，刘秀明白马援不是威胁，后来还让儿子（汉明帝刘庄）娶了马援的女儿。

上述两个历史场景，相信对这个时代的每一种人都有启发：创业者、投资人、老板、干部……那么，要怎样才能在读历史时获得对现实的启发呢？

一个窍门：进入历史情境。

然后设身处地体会当事人的心境，刘邦当时在想什么？如何能够即刻转变念头？刘秀的念头又是怎么转的？马援想的又是什么？重点在于，他们如何在当下做出决策，又如何改变了大局？甚至逆思考：公孙述是如何搞砸了自己成大功立大业的机会的？

本系列丛书尝试在读者看历史故事的过程中，为大家提供进入历史情境的方便途径，这是我讲历史故事的最大的愿望。

公孙策　2022年夏

目录

总序 读历史,要进入历史情境 ... i

序 兴亡盛衰方程式 ... I

楔子 ... 1

帝国盛衰

一 人彘 ... 13
二 诸吕之乱 ... 18
三 文景之治 ... 24
四 七国之乱 ... 33
五 莫须有 ... 40
六 金屋藏娇 ... 45
七 长门怨 ... 50

王莽篡汉

123 ㈠ 四太后并立
130 ㈡ 断袖之癖
134 ㈢ 王政君夺玺
138 ㈣ 王莽嫁女儿
143 ㈤ 山寨周公
147 ㈥ 九锡与造神
152 ㈦ 假皇帝
155 ㈧ 反扑无力
159 ㈨ 篡汉立新
162 ㈩ 崩角的玉玺
165 ㈢⑩ 新朝行古制
170 ㈢㈠ 空话治河

光复汉室

231 ㈣㈣ 人才来归
235 ㈣㈤ 北道主人
239 ㈣㈥ 丧家之犬
244 ㈣㈦ 败部复活
248 ㈣㈧ 人心思莽
251 ㈣㈨ 推心置腹
254 ㈤⑩ 驱狼赶虎
258 ㈤㈠ 刘玄末日
263 ㈤㈡ 刘秀称帝
266 ㈤㈢ 刘盆子
271 ㈤㈣ 赤眉投降
277 ㈤㈤ 有志者事竟成

54	(八)外戚大将军
59	(九)爱其子而杀其母
64	(十)托孤大臣
68	(一一)霍光大权独揽
76	(一二)权臣废立皇帝
81	(一三)鸩杀皇后
87	(一四)五日京兆
92	(一五)苏武牧羊
98	(一六)王昭君
102	(一七)模范生昏君
107	(一八)燕啄王孙
113	(一九)王家班

175	(三二)惹翻匈奴
183	(三三)自我感觉良好
186	(三四)人心思汉
191	(三五)众叛亲离
194	(三六)赤眉军
199	(三七)刘縯起兵
203	(三八)更始皇帝
207	(三九)巨无霸
211	(四十)昆阳大捷
217	(四一)更始杀刘縯
220	(四二)王莽穷途末路
226	(四三)刘秀「出柙」

285	(五六) 非但君择臣，臣亦择君
290	(五七) 窦融
294	(五八) 神龙失势，与蚯蚓同
299	(五九) 得陇望蜀
303	(六十) 公孙述
307	(六一) 刺杀来歙、岑彭
311	(六二) 成都大屠杀
315	后记

序
兴亡盛衰方程式

2014年我为一群创业青年开历史课,第二年,学生要我讲历代兴亡盛衰的道理,我在第一堂课要他们记下口诀:

> 兴亡看气运,
> 盛衰看改革,
> 分合看人才,
> 成败看决策。

刘邦能创建西汉帝国,肯定不是因为他英明神武,而是大秦帝国的气运终结,才有秦末群雄逐鹿的大戏上演,而刘邦是最后胜利者——前朝气运未尽,就没有后朝。西汉王朝由于汉武帝、汉宣帝的改革而造就盛世。王莽篡汉之后,群雄逐鹿,刘秀因阵营人才鼎盛而胜出,而王莽的败亡则由于他自己的一连串决策失误。

西汉王朝达到鼎盛巅峰之后,从汉元帝刘奭开始走下坡路,国势就此不回头,本书叙述的盛衰转折过程则有几个关键词：太后、匈奴、谷价、更始。

自汉高祖刘邦逝世，吕后援引娘家兄弟夺权，立下太后干政的先例。后来连续出现小皇帝，太后是妇道人家，不方便跟外廷那些儒家朝臣（都是男人）相抗，只有拉娘家兄弟入朝担任大司马大将军，掌握兵权压抑书生。可是，小皇帝长大了，受不了舅舅的长辈嘴脸，只有结合宦官对抗外戚。史家总是将汉、唐王朝的衰落归责于外戚与宦官，事实上外戚与宦官干政的根源都是太后。

匈奴冒顿单于可能是历史上最生不逢时的草原英雄，试想，如果他生在中国的唐末五代，他的成就肯定不比辽太宗耶律德光差，可是他偏偏碰到西汉帝国也正好兴起。无论如何，西汉与匈奴的实力消长，决定了两国的外交与军事关系。而王莽的败笔之一，就是在匈奴国力衰微之刻，没事生事，惹翻匈奴，终至外患加重了内忧。

汉朝的兴盛是靠着"文景之治"，加上汉武帝的经济改革大成功，国家富强。到了汉宣帝时，"谷石五钱"，人民生活富足到达顶峰。可是后来昏君一个接着一个,到了汉元帝时,"京师谷石二百余,边郡四百,关东五百,四方饥馑"(单位是五铢钱),这是王莽得以"受汉禅让"的充分条件之一。可是王莽的货币与经济改革彻底失败,造成"黄金一斤易粟二斛",于是人心思汉倒莽。

老百姓日子难过,只好期待"变天"。更始,就是"重新开始",王莽政权设"更始将军",绿林军也有"更始将军",绿林的更始将军甚至成了更始皇帝。可是那一段过程中,所有的"更始"都令老百姓反而思念前一个统治者!直到光武帝刘秀统一天下,"诏复五铢钱,与民更始"。五铢钱是汉武帝开始发行,刘秀的"更始",其实却是"回到从前"而已。

王莽其实是中国历史中的一个异数:不靠武力而让政权转移。这在"尧舜禅让"之后仅此一次,其他改朝换代都是"枪杆子里出政权",一些名为"禅让"的戏码,也莫不是军阀以武力为后盾的欺世盗名演出。然则,王莽为什么能够不靠武力而"易鼎"呢?却又是因为汉武帝独尊儒术。

儒术没有问题，问题出在有些儒者开始做表面功夫，以欺世盗名为务，且因为只有士人才能做官，所以官吏多务虚不务实，笃学实学没用，逢迎拍马才是进身之阶。此所以王莽"自以为周公，则周公矣；自以为舜，则舜矣"，他扮演周公、大舜，满朝摇尾系统争着歌功颂德，就这样，他得以翻手云覆手雨，被塑造成圣人再世。

但那还只是他能改姓易鼎的充分条件而已，一开头就说了：前朝若气运未尽则后朝毫无机会。而西汉后期的刘姓王室一个比一个昏庸，太后带进来的外戚一个比一个腐败，西汉王朝的气运走到了尽头——必要条件成熟了。王莽也是外戚，可是这个掌权外戚既有学问又礼贤下士，更有那么多祥瑞之兆（当然都是摇尾系统制造的）应验在他身上，于是他成为天下人的救星，不流一滴血而能改姓易鼎，于是他放手实施一系列的改革。

问题在于，他的诸般改革几乎一无是处，尤其是货币改革，把天下人用得好好的五铢钱废弃不用，弄出一个复杂且不方便的币制，结果全面性地摧毁了交易机制。交易机制崩坏，可是人们不可能回到以物易物的时代，随之生产机制也停摆了，接着谷价飞腾、民不聊生，老弱辗转于沟洫，壮者啸聚山林，平民革命出现，原因是"人心思汉"。

且慢，前面不是说西汉王朝尽失人心、气数已尽吗？怎么又人心思汉了呢？看当时流行的两句民谣就能理解："黄牛白腹，五铢当复"——人心思的是汉朝的五铢钱，不是汉朝的劣政。

写这本书最大的感触也在这里。人民因汉朝劣政而任王莽改姓易鼎，又因王莽劣政而人心思汉，可是后来的发展却是：绿林兵打进长安，但玄汉的施政更糟糕，关中人心反而"思莽"；后来赤眉攻进关中，更糟糕，人心又"思玄汉"。在这一连串的"与民更始"过程中，老百姓真是苦、真是恨哪！

最后的结局算是好的，刘秀削平群雄一统天下，建立东汉王朝，基本上沿袭西汉制度，更重要的是他的儿子、孙子都很贤明，造就东汉"明章之治"，三代一共六十三年的治世。

然而，光武中兴对后世却有一个不好的副作用："人心思汉"成为所有复辟企图的理论依据。但历史证明，所有复辟即使政变成功，朝政也都失败，这是另一个题目，已超出本书范围，不多说了。

公孙策　2022年夏

楔子

王莽篡汉有两块"模板"与两个充分条件，它们直接或间接地为王莽排除了障碍。

模板一，尧舜禅让

中国的儒家两千多年来"言必称尧舜"，尧舜为什么成为贤君的代称?

秦始皇统一天下，功业空前。有一次他问群臣："我已经超过五帝的功绩，谁可以接替我治天下?"有一位官员，名叫鲍白令之，他回答说："尧舜禅让天下，不是陛下做得到的。"

原来如此，儒家称许尧舜是由于尧舜肯让位给贤人，而不传位给自己的儿子。

可是，事实真是那样吗?

杂家经典《吕氏春秋》对尧让位给舜有着不同于儒家的记载：尧以天下禅让给舜，鲧对尧表示不满："你让舜当天子，至少也该让我当三公啊!"于是激怒他养的猛兽，发动叛乱。舜召见他，他抗命不去，在原野上呼啸来去，造成祸患，于是舜便在羽山将鲧诛杀。鲧的儿子禹不敢怨恨舜，反而恭顺事奉，不辞辛劳治理水患，面孔晒得黧黑，累得举步维艰，以此取悦舜之心。

再看另一本神话经典《山海经》：

> 洪水滔天，鲧窃帝[①]之息壤[②]以堙[③]洪水，不待帝命。帝令祝融杀鲧于羽郊。鲧复生禹，帝乃命禹卒[④]布土[⑤]以定九州。
>
> ——《山海经·海内经》

再综合《国语》《竹书纪年》等史书或带有神话色彩的记录，可描绘出一个完整故事：帝尧起初派共工治水，共工推倒高山堵水，却因此堵塞了河流，使得洪水横流，泛滥于天下，但尧并没有杀他，只派鲧收拾烂摊子。鲧偷了天帝的息壤，阻绝洪水，让老百姓得免于水患，但洪水仍然四处横溢，舜便以此为由杀了鲧。

有人猜测，事情的原貌可能是：尧的女婿舜斗赢了尧的儿子丹朱，诛杀了对人民有功劳、却桀骜不驯的政敌鲧。至于舜

[①] 帝：天帝。
[②] 息壤：传说中能生长不已的土壤。
[③] 堙：音"因"，填堵、埋阻。
[④] 卒：遂行。
[⑤] 布：划定，整理。布土：指大禹导九川注回海，重新布整国土。

传位给禹,则是形势比人强,禹为人民立下了大功劳,而赢回了政权。

如果以上猜测接近事实,那么"禅让"就只是权力斗争的美丽包装而已。王莽篡汉以及后世历次篡夺政权,都以"禅让"为名,或许更接近"禅让"之实。

模板二,周公佐成王

周武王破纣灭商的两年后,天下尚未安定,周武王却病倒了。姜太公和召公提议去文王庙求卜问吉凶,周公说:"这件事不应该让先王忧心。"于是设立三座神坛,向周国三位祖先祈祷,表示愿意以自己的身体代替武王的身体(承受死亡)。然后,才去三座祖庙求卜,卜者都说"吉"。周公将祝祷文封进金縢之匮中,并告诫看守的人不许妄言。第二天,武王的病就好了。

后来,周武王去世,周成王年幼,尚在襁褓之中。周公乃践天子之位,代成王摄政,处理国事。

武王的弟弟、周公的哥哥管叔与其他兄弟乃到处放话:"周公将对成王不利。"

周公对姜太公与召公说:"我之所以不避嫌疑以行摄政,是担心天下诸侯叛变,无以向三王交代,为了周朝大业,我才这么做。"于是不顾流言,辅佐成王,一直到成王长大,能够临朝听政了,周公才交还大政。成王临朝,周公北向就臣子之位,态度恭谨。

周公摄政时期，成王有一次生病，周公剪下自己的指甲，丢到河里，向神明祝祷："君王年少，不懂事，干犯神明的是我，姬旦。"同样将祝祷文藏进内府。

成王当政后，有人密告周公，周公逃到楚地。成王打开内府密室，看见周公当年的祝祷文，感动流涕，将周公迎回朝廷。

周公去世，忽然天降暴风雷雨，麦禾仆倒，大树也被连根拔起，人心震恐。成王与大夫们穿上朝服，开启金縢匮，看到周公愿以自身代替武王的祝祷文，问负责看守的史官，证实其事。成王手持简书，流着泪说："不必再为风雷占卜了。周公过去的忠诚与勤劳，我因年幼而没有察觉，如今上天以风雷开示，我应该以最高礼仪祭祀他。"

祭典完成，天即"降雨反风"，倒下的麦禾重新挺立，成王下令扶植吹倒的大树。

这段历史近乎神话，却被王莽大加发扬，他攫取权力的整个过程，几乎都在模仿周公佐成王的动作，以此欺骗天下。

条件一，始皇帝死而地分

秦王政削平六国，统一天下，自认为功过三皇、德配五帝，于是给自己加尊号"皇帝"。而且自己是始皇帝，儿孙依次称二世、三世，至于万世，传之无穷。

为了确保自己建立的帝国能够传之无穷，秦始皇将天下兵器收集到咸阳，销熔后，铸为十二座超大金人，各重上千石

（石：古代重量单位）。再将天下豪富十二万户迁徙到咸阳，将这些有钱人与好勇斗狠分子集中看管。心想，这样就不会再有人造反了——这是秦始皇的帝国永续方程式。

秦始皇是一位伟大的皇帝，他的确为一个统一帝国规范了很多很好的制度，例如统一文字、车轨（轮轴间距）与度量衡等。可是他太急了，法律更是严苛，人民苦于苛政、苛税、苛法，却敢怒不敢言。

直到有一年，一颗陨石坠落在东郡（今山东、河南交界一带），有人在上头刻字"始皇帝死而地分"。秦始皇派官员去查这件事，没有人承认，于是将陨石坠落地点附近的老百姓全部杀光！并且销毁陨石。

同一年秋天，有官员在华阴道上遇到一个人，手拿一块璧玉交给官员，说："帮我交给滈池君。"又说："祖龙今年死亡。"官员将璧玉带回咸阳报告，秦始皇默然不语许久，然后说："山神只知道未来一年的事情。"意思是"它说了超过它法力的事情，所以不准"。

秦始皇再让管皇宫库房的官员鉴定那块璧玉，赫然是八年前巡行天下时，途中遇到风雨，抛下江中祭神的那一块璧玉。

龙，是天子的象征。祖龙，当然是指秦始皇。

滈池君呢？周武王伐纣灭商后，定都镐京，所以滈池君是指周武王。将秦始皇祭江神的璧玉交给滈池君，又说"祖龙今年死"，指的是始皇将死，而天下将发生革命，政权将归于新的真命天子。

老百姓对秦朝苛政怨恨不敢言，于是在陨石上刻字宣泄。可是秦始皇不怕民怨，只怕天象，杀了百姓、毁了陨石，仍闷闷不乐，派人占卜，卦象说"游徙吉"。于是迁徙北边三万户人家到咸阳，自己则再次巡行天下——有游、有徙，认为应了卦象就可以化解灾厄。可是，秦始皇却在那一次出巡途中死亡。

自秦始皇以降，历代皇帝大致都信鬼神、占巫或图谶（神秘预言）。事实上，中国古代的政治，说是以儒家为主流，但儒家只管得了地上，阴阳家却管了天上和地下。

秦始皇只介意天象、卦象，而不顾民怨，于是人心希望回到战国；王莽是一位操弄"神迹"的高手，以之攫取权力，可是他也只介意天象、符谶，而不顾民怨，于是人心思汉。

条件二，非刘不王

汉高祖刘邦得了天下，却接连诛杀功臣，包括韩信、彭越，因而逼反了英布。且由于韩信、彭越已死，嫡系诸将不是英布对手，刘邦只好自己御驾亲征，讨伐英布。

刘邦与英布在战场上相望，刘邦遥对英布说："你已经封了王，何苦要叛乱？"

英布回答："因为我现在想当皇帝了。"

刘邦闻言大怒，于是两军大战，最后刘邦胜，英布败死。

班师途中，经过老家沛县，刘邦大军且驻，摆酒筵，召集故乡父老子弟畅饮。想到自己历经颠沛，终能平定天下，可是天下英雄豪杰仍然觊觎江山。心有所思，感慨加上酒意，当场做了一首《大风歌》："大风起兮云飞扬，威加海内兮归故乡，安得猛士兮守四方？"

刘邦亲自击筑，沛县子弟一百二十人大合唱。大伙儿唱得兴致盎然，刘邦更趁着酒意起舞。但是，愈舞心情愈沉重，乃至泣涕如雨。

回到长安后，刘邦下诏：我立为天子已经十二年，与天下豪杰、贤大夫共定天下，也共同治理。有功劳的都封了王、侯，重臣的子女也得封侯爵、公主，各个都有食邑、有印信、有宅第，可以说是对得起天下贤士、功臣了。将来若有不义之人擅自起兵（叛变），将与天下共伐诛之。

诏令下后，刘邦想想仍不放心，连从小与自己共穿一条裤子的卢绾尚且叛变，可见异姓皆不可信。于是召集起义诸将喝酒，酒酣，一同誓约："今后非刘姓皇族不得封王，非功在国家者不得封侯，若有违背（自称王侯）者，天下共击之。"当时异姓诸王已经死的死、反的反，在场诸将也都封了侯爵，这项约定也有保障他们既得利益的作用，于是个个应诺。

这是刘邦的帝国永续方程式，纠正了秦始皇方程式的缺点（发生乱事时无宗室勤王），但西汉帝国的发展却是：诛杀了异姓诸王，防不了强大宗室；削弱了刘姓诸王，却让外戚坐大——人民若不安，什么方程式都没用。

【原典精华】

武王有疾,不豫,群臣惧,太公、召公乃缪卜[1]。周公曰:"未可以戚我先王[2]。"……周公已令史策告[3]太王、王季、文王,欲代武王发[4]。……周公藏其策金縢匮中[5],诫守者勿敢言。明日,武王有瘳[6]。

……

周公卒后,秋未获,暴风雷雨,禾尽偃,大木尽拔,周国大恐。成王与大夫朝服以开金縢书,……成王执书以泣,曰:"自今后其无缪卜乎!昔周公勤劳王家,惟朕幼人弗及知。今天动威以彰周公之德,惟朕小子其迎,我国家礼亦宜之。"王出郊[9],天乃雨,反风,禾尽起。

初,成王少时,病,周公乃自揃[7]其蚤沉之河,以祝于神曰:"王少未有识,奸神命者乃旦也。"亦藏其策于府。

——《史记·鲁周公世家》

①缪：同"穆"。严肃恭敬。
②戚：忧心。
③史：官。这里特指负责占卜的官。
④策：简册，古时文书刻在竹简上，串成册。策告：以文书祝祷。
⑤縢：音"téng"，封闭。匮：同"柜"。金縢匮：镕金以封柜。
⑥瘳：音"抽"，病愈。
⑦揃：同"剪"。
⑧蚤：音"zǎo"，通"爪"，指甲。
⑨郊：行郊祭。

帝国盛衰

天下将兴,其积必有源;天下将亡,其发必有门。……故其亡也,必有大隙焉,而日溃之。

——苏轼《策断》

一 人彘

《大风歌》的忧心忡忡,与"非刘不王"的防备重重,都是由于刘邦在征英布时受了箭伤,且伤势日益加剧,让他感受到时不我与的压力。

回到长安的刘邦,躺着的时间居多。这一天,伤口疼痛难忍,刘邦在病榻上辗转呻吟。

吕后找来良医,医生奉旨进宫,望闻问切之后,刘邦问医生:"这病还可治吗?"

医生略微迟疑了一下,答:"可以治。"

刘邦破口大骂:"混蛋!老子以老百姓出身,提三尺剑取得天下,这是天命。我的命既然系于上天,如果该死,纵使扁鹊来治,又岂能改变天意!"转头对吕后说:"赏他五十金,教他回去吧!"

医生走了,吕后等刘邦气平以后,问:"陛下百岁以后,如果萧相国死了,谁能接替他的位置?"萧相国,指的是萧何。

刘邦说:"曹参可以。"萧何与曹参是当初沛县起义的两位最重要的干部。

吕后又问:"那曹参之后呢?"

刘邦心头陡然惊觉:吕后将会活得比萧何、曹参都久,太子刘盈软弱,一切都听母亲的。搞不好,刘姓的天下会落入吕姓手中。他煞费苦心诛除功臣,却没有人可以制衡吕后。

于是刘邦布下了他的最后一局,说:"王陵可以,可是王陵稍嫌憨直,不能通权达变,陈平可以襄助他。陈平小聪明很多,可是不能独当大局,周勃可以补他不足。周勃为人厚重,不做表面功夫,将来安定刘氏天下的,必定是周勃,可以让他当太尉(掌军事)。"

吕后再问:"以后呢?"

刘邦说:"再往后,你也管不到了。"

交代完后事不久,刘邦就驾崩了。过了四天,吕后秘不发表,与亲信审食其暗中谋划,想要诛杀诸将功臣。

消息外泄,开国功臣之一郦商去对审食其说:"我近日听说了一个阴谋,若真要那么做,天下可就危险了。眼前陈平、灌婴领十万大军守荥阳,樊哙、周勃领二十万大军还在燕、代前线。如果此时将帅知道有那么一个阴谋,带兵回攻关中,大臣在内、诸侯在外,里应外合,天下之亡近在眼前。"

审食其同意这个说法,急忙入宫向吕后报告。于是即日发表,并大赦天下。太子刘盈即位为汉惠帝,尊母亲吕雉为皇太后。

汉惠帝生性暗弱,凡事都听吕太后的。吕太后当家,第一件事情就是报从前"夺床"之恨。

刘邦生前最喜欢的儿子是赵王刘如意,因为刘如意"最像"他。刘邦最在意的是他拼命打来的天下可以永延帝祚,而刘如意的格局较大,使得刘邦一再想要换太子。

刘如意的母亲戚夫人得刘邦宠爱,她发现刘邦的心思后,"日夜啼泣"要刘邦易太子。吕后采用了张良的计策,成功保住了刘盈的太子地位,刘盈终于成为汉惠帝。

吕太后上台后发出的第一道命令是,将戚姬幽禁到别宫,然后征召赵王到长安。

赵国宰相周昌对吕后派来的使者说:"高帝将赵王托付给我,我听说太后对戚夫人有怨,想要杀赵王,所以我不敢让赵王去长安。而且赵王目前生病,不宜劳动。"

接连三批使者都叫不来刘如意,吕后大怒,派人宣召赵相周昌来京,周昌应召到了长安,吕后再派使者去召赵王。

这一次,赵王刘如意应召来到长安。惠帝个性仁厚,知道母亲要杀害这个弟弟,乃亲自到灞上迎接赵王,两人一同入宫,每天饮食起居都在一起,让吕太后没有机会下手。可是有一天,惠帝一早出外射箭,赵王年轻贪睡,吕太后得知,急速派人将赵王鸩杀。等到惠帝回宫,赵王已经气绝。

接下去就要"处理"戚姬了。吕太后对待戚姬的手法非常残酷:截去她手足四肢,挖去双眼,用药熏聋双耳,逼她喝下哑药,将她丢在厕所里(应该已活不了),称之为"人彘"。

过了几天,太后教惠帝一同"观赏"人彘。惠帝知道那是戚夫人后,大哭,为此病倒一年多。派人去对母亲说:"这不是人做得出来的事情,我是你的儿子,这皇帝做不得了。"

从此,惠帝每天饮酒作乐,不再听政,身体愈来愈坏。

【原典精华】

太后遂断戚夫人手足，去眼，煇[1]耳，饮瘖药[2]，使居厕中，命曰人彘[3]。

——《史记·吕太后本纪》

①煇：通"熏"。熏灼。
②瘖：音"yīn"，哑。
③彘：音"zhì"，猪。

(二) 诸吕之乱

汉惠帝刘盈身体不好,能力也不行。更因为母后强势,他只能消极做个不管事的空头皇帝。幸而朝政有萧何、曹参,"萧规曹随"奠定了大汉帝国的长治基础。

吕太后对内强势,对外却晓得国力不足,对匈奴百般忍耐。

有一次,匈奴单于栾提冒顿写了一封信"挑逗"吕太后,大意是:我是北方草泽上一个孤独寂寞的君王,新寡的你,想必也孤独寂寞,两个君主都不快乐,又无法取悦自己。我愿意以自己所有的,交换你所没有的。

汉朝群臣诸将都为此愤怒,可是吕太后终究忍了下来,命人回信,说:"单于念念不忘敝国,赐书问候,我国深为惶恐。我本应前往侍奉单于,可是自忖年老气衰,头发、牙齿都脱落了,连走路都蹒跚不便。单于对我的期望过高,我实在无法胜任,如果我真的前往,只不过成为笑话而已。敝国并未得罪贵国,请你宽恕。谨献上两套四匹马拉动的皇家用车,供你驱使。"

由此可见，吕雉的EQ（情商）高过那些大臣、诸将，若不是她主政，只怕汉朝就此结束也说不定。

然而，汉惠帝刘盈只做了七年皇帝，就病死了。他一死，吕雉的太后之位登时面临合法性问题。因而，她为惠帝伤心归伤心，却没流下眼泪。

张良的儿子张辟彊当时在宫中侍从皇帝，年方十五岁。他对两位丞相说："太后只有一个儿子，如今皇帝崩逝，却哭而无泪，你们知道原因吗？"

丞相问："什么原因？"

张辟彊说："皇帝的儿子还小，太后担心管不住你们这班老革命。你们两位如果奏请任命太后娘家兄弟吕台、吕产、吕禄为将军，掌握长安禁军兵权，再让吕氏族人能入宫襄助政务，太后就心安了。你们也得以免祸了。"

丞相照张辟彊的建议行事，果然吕太后放心了，哭的时候也流出眼泪了。而吕氏外戚从此开始柄权，也开启了西汉外戚干政的一页。

惠帝生前无子，吕太后命皇后张嫣收养其他宫人的儿子，取名刘恭，并将刘恭的生母杀掉，再立刘恭为太子。这下刘恭继位为皇帝，史称"前少帝"，吕雉成为太皇太后，正式临朝听政。

少帝刘恭后来发现自己的身世及亲娘的遭遇，抱怨了一句："等我长大以后再说。"这话传到太皇太后耳中，吕雉立即将刘恭囚禁到别宫，对外宣称皇帝患病很重，不许任何人入见。之后又将刘恭罢黜、处死——这又开启了西汉"废帝"的一页。

太皇太后再立刘弘为皇帝,史称"后少帝"。而吕雉则更进一步控制政府,想要封娘家侄儿们为王,以便将来可以取代刘姓诸王。

她先问右丞相王陵意见。萧何、曹参之后,依照刘邦的规划,王陵为右丞相,陈平为左丞相,周勃担任太尉。

王陵一如刘邦所言"太憨直",他回答吕太后,说:"高皇帝曾经与诸将斩白马为誓:'非刘姓的若封王,天下人一同讨伐之',如今若吕姓封王,不合誓约。"

吕雉大不高兴,问左丞相陈平与太尉周勃。这两人默契十足,也了解吕后心狠手辣,因此回答:"高帝平定天下,封刘姓子弟为王。如今太后临朝主政,实际主宰天下,封吕姓子弟为王,没什么不可以。"吕太后才转怒为喜。

朝会结束,王陵责备陈平与周勃:"当初高帝与大伙歃血盟誓,你俩难道不在场吗?如今高帝去世,太后要封吕氏为王,你们两个奉承拍马,背弃誓言,将来有何面目见高帝于地下?"

陈平、周勃说:"当面在朝廷上力争,咱俩不如阁下;可是保全国家、保全刘姓后裔,阁下可不如我俩。"

过了几天,吕太后"擢升"王陵为太傅。太傅是皇帝的师傅,三公之一,地位崇高,但丞相的权力就被剥夺了,这一招叫作"一脚踢到楼上"。陈平升为右丞相,吕后的心腹审食其担任左丞相，周勃仍然担任太尉。

然后，吕雉追尊亡父吕文为宣王，亡兄吕泽为悼武王，吕泽的儿子吕台为吕王，吕产为梁王，吕禄为赵王。吕姓诸王当权，其他吕氏外戚更加行径嚣张，幸赖陈平、周勃，不让诸吕的手伸进政府。而刘邦的预测再次应验：吕太后老了、病了，她管不到后面的事了。

可是吕太后不愿撒手，她晓得自己日子不多了，下令由赵王吕禄掌管北军，梁王吕产掌管南军。告诫二人："吕氏封王，大臣都不服气。我已经快死了，皇帝年纪小，恐怕大臣作乱。你俩一定要掌握军队，紧守宫殿，千万别为我送葬，以免出宫时让人有机可乘。"

太后驾崩，遗诏：大赦天下，以吕产为相国，以吕禄的女儿为皇后（吕禄乃可以国舅身份干政）。

吕太后一死，东方的齐王刘襄立即起兵，扬言"入京诛除诸吕"。相国吕产派灌婴领军平乱，灌婴大军抵达荥阳，停下来观望，并派人通知刘襄按兵不动，静候情势发展。

长安城内，吕产、吕禄掌握兵权，遵从太后临终交代，戒备森严，令刘姓皇族与大臣没有机会可乘。于是双方陷入紧张的僵持，风雨欲来。

陈平再次提出奇计：曲周侯郦商年迈多病，他的儿子郦寄跟吕禄是哥儿们，陈平与周勃挟持郦商，要求郦寄参与反吕密谋。

于是郦寄去对吕禄说："高帝与太后一同创大业，刘姓九人封王，吕姓三人封王，都出于大臣公议、朝廷正式发布、天下诸侯认同。如今太后崩殂，阁下身佩赵王印信，却不回到封国，留在京城担任上将军，手握重兵，不能不引起大臣的猜疑，这不是智慧的决定。你应归还将印，将兵权交还太尉，也请梁王（吕产）归还相印，你俩与大臣一同盟誓，各自回到封国。这样，齐兵师出无名，一定撤退，大臣们也得安心，阁下则可高枕无忧当你的千里之国国主，这可是为了子孙万代的利益呀！"

吕禄听信郦寄之言，交出印信，然后周勃展开行动，假传圣旨，接管北军。周勃升堂，下令："效忠吕氏的袒露右臂，效忠刘氏的袒露左臂。"军士们全都袒露左臂，周勃乃完全控制北军。

陈平再献计：由朱虚侯刘章守卫辕门，防备南军，阻止吕产进入宫殿。果然，吕产假小皇帝刘弘（后少帝）之名，派人持节劳军。刘章顺势劫持吕产，将人关押在车上，奔走招降，并且在一阵混乱中杀了吕产。

局面已由周勃与刘章控制，于是搜捕吕氏王侯，一律诛杀，平定了一场"诸吕之乱"。

【原典精华】

孝惠帝崩。发丧，太后哭，泣不下。留侯子张辟彊为侍中，年十五，谓丞相曰："太后独有孝惠，今崩，哭不悲，君知其解乎？"丞相曰："何解？"辟彊曰："帝毋壮子，太后畏君等。君今请拜吕台、吕产、吕禄为将，将兵居南北军[1]，及诸吕皆入宫，居中用事，如此则太后心安，君等幸得脱祸矣。"丞相乃如辟彊计。太后说[2]，其哭乃哀。吕氏权由此起。乃大赦天下。

——《史记·吕太后本纪》

①南北军：长安城卫戍部队分南、北二军。
②说：同"悦"，借用字。

(三) 文景之治

诛除诸吕本质上是一次宫廷流血政变,刘邦临终布下的棋,终保住了刘姓江山。周勃、陈平等人,对刘邦忠心耿耿,在诛除诸吕之后,迎立刘邦的一个儿子代王刘恒为帝,是为汉文帝。

长安城内此时的实力人物是周勃,汉文帝刘恒只是大臣们迎来的形式上的领袖。虽然君臣名分已定,可是权力要怎么转移,得看新皇帝的作为。

最懂得持盈保泰的人是陈平,他以身体状况不佳为由主动向皇帝请辞。文帝问他真实理由,他说:"高祖时代,周勃的功劳不如我;可是这一次诛除诸吕,我的功劳不如周勃。我愿意将右丞相的位置让给周勃。"

这是陈平聪明之处,他避免了成为"夹心饼干"的危机——万一周勃与皇帝发生冲突,他正好夹在中间,但若周勃成为首相(右为尊),他就避开了。

于是汉文帝任命周勃为右丞相,陈平调为左丞相,周勃空出的太尉一职,由灌婴接任——这也让周勃交出兵权,避免了军事政变的可能性。汉文帝对周勃敬畏有加,有一次,周勃下朝时,神态甚为得意,皇帝对他十分礼敬,总是以目光送他出朝(以示礼遇)。

汉文帝渐渐进入状态。有一天上朝,皇帝问右丞相周勃:"天下一年判决多少司法案件?"周勃谢罪说:"不知。"皇帝再问:"一年赋税收入多少钱、谷?"周勃仍然不知,为之惶恐又惭愧,背上出汗,内衣全湿。

皇帝再问左丞相陈平,陈平说:"这些事情都各有主管官员。"皇帝问:"谁主管?"陈平说:"陛下要知道讼案,就问廷尉;要知道钱谷,就问治粟内史。"

皇帝说:"既然各有主管官员,那阁下管什么事情?"

陈平说:"宰相的职务,对上辅佐天子、调理阴阳,注意农时、不违四季节气;对下让天下人各适其所;对外镇抚四方;对内爱护百姓,并使卿大夫各展其才。"文帝对此称好。

退朝后周勃抱怨陈平,说:"你平常怎么没教我这些?"

陈平笑说:"你坐在宰相的位子上,怎么不知道宰相的职责是什么?如果皇上问你长安城有多少小偷,你难道也要勉强回答吗?"

周勃这才明白,他的能力远不及陈平。而周勃也明白,皇帝在朝廷上"考"丞相,其实不是问司法或赋税,而是要杀丞相的威风。

想通了以后,周勃称病辞职,汉文帝立即批准。汉王朝不再设左右丞相,由陈平独任丞相。翌年,陈平逝世,周勃、灌婴先后担任丞相，直到开国功臣"轮"完，权力才归于汉文帝。

汉文帝刘恒被历史小说家高阳推崇为"史上第一好皇帝"（第二是清康熙帝），他最受称颂的是节俭。有一次，有关单位奏报要建筑一座观景台，算一算要花百金。文帝说："百金是中等民家十家一年的生产值，我继承先帝（刘邦）的宫室，总是怕做不好令高祖蒙羞，建什么楼台？"

汉文帝平常只穿黑色的丝绸，他最宠爱慎夫人，规定她衣裳长度不得拖到地上，内宫的帷帐没有绣饰。也就是皇帝以身作则，用朴实的生活，作天下表率。

除了节俭，文帝还重用一位堪称古代法官模范的张释之。

有一次，汉文帝出游霸陵，登高远眺，慎夫人相随。慎夫人是邯郸人，文帝指着新丰道（公路名）说："这条路通往邯郸。"慎夫人于是弹奏瑟，皇帝和着她的音乐唱歌。由于慎夫人思乡情切，歌曲凄怆悲怀。

文帝受到歌声感染，对随行群臣说："啊，人生苦短，人死后用北山之石做外椁，再用漆与棉絮混合将椁密封，应该可保无虞了吧！"左右都说："是啊！"

张释之当时担任中郎将，正好随侍，上前说："如果棺椁中有宝物陪葬，即使深锢在南山之中，人们也找得到空隙进入。如果里面没有值钱东西，即使不用石椁，也不必担心。"

汉文帝认为他说得很对，不久后，就擢升他为廷尉。

又一次汉文帝经过中渭桥，桥下突然跑过一个人，御车的马受到惊吓（也就是皇帝受到惊吓）。那个人被逮捕，送交廷尉法办。张释之问案，那人供称："我是长安本地人，听到皇帝队伍来了，来不及走避，只好藏到桥下。久之，以为队伍过去了，就出来，却看见车马大阵仗还在通过，因此快跑离开。"

张释之判决：一个人"犯跸"（天子出巡曰"跸"），罪当罚金（四两黄金，对平民老百姓而言，已经很重）。

汉文帝对此判决大为不满，说："此人惊吓了我的马，幸好御马性温驯，没事，若换作其他马，岂不要了我的命？廷尉却只判他罚金！"

张释之此时说出了千古名言："法律是天子与天下人约定的规则。如今法律如此规定，若加重处罚，将使人民不信任法律。陛下当时若当场下令杀了那人，也就罢了。既然交下来给廷尉，廷尉好比是天下的天平，廷尉若有倾斜，天下所有司法判决就将出现轻重不一的弊病，人民的行为又要以什么来规范？请陛下明察。"

汉文帝沉默许久，才说："廷尉就该这样啊！"

时人称颂"张释之为廷尉，天下无冤民"，而文帝时，又发生一件有名的案件"缇萦救父"。

齐国太仓令（掌管齐国粮仓）淳于意犯了罪，应当受刑，朝廷下令将他押解到长安。

淳于意没有儿子，却有五个女儿，他在被押上囚车时脱口骂："生那么多女儿，没有儿子，有紧急事情时，自家孩子完全派不上用场。"

小女儿缇萦随着父亲到了长安，上书皇帝："小女子的父亲担任公务员，齐国人都称赞他廉洁公正，如今因犯罪必须受刑。然而，死者不可复生，肢体受损无法复原，即使想要改过自新，也没有机会了。我自愿被收入官府当奴婢，以赎父亲之罪刑，让他有自新的机会。"

上书到了汉文帝手中，文帝深为感动，下诏"废止肉刑"。

自秦朝以来，老百姓最渴望的就是司法公正、刑罚宽简。汉文帝更能奖励农桑、提倡节俭，当时的人民感觉就像生活在天堂里。

文帝逝世，儿子刘启继位（汉景帝），沿袭父亲作风，两代合称"文景之治"。

文景之治有多好？历史记载：

七十年间，国家没有发生大的灾难。只要不遇到水旱天灾，人民可以家家自足。

全国各地的粮仓全满，地方政府的公库里堆满了用不完的货币。京师长安的国库，累积的钱多达万万（亿）。那些钱原本用绳索串起来方便计算，却因为多年不用，绳索都朽烂了，以致无法计算。粮仓里的粟米，一层一层往上堆积，直到满溢出仓库外面，最下层的想来已腐烂不可食。

市井街巷都有马匹，田野间的马匹更是成群结队。人们因富足而都骑雄马，那些骑母马或小马的人，都交不到朋友。

平民老百姓也有肉吃，担任基层公务员者不愿换工作，很乐意在家看着孙子长大，基层官吏由于世袭专业官职，甚至将官名当作姓氏（如姓"仓"、姓"库"）。因此人人自爱，把犯法当作很严重的事情，相互勉励善行，谴责做坏事的人。

这是多么安和乐利的社会？也是西汉帝国的最大资产。后来"人心思汉"，大部分是怀念文景之治。

然而，汉景帝刘启的皇位，却坐得并不太平。因为他的祖父刘邦只注意到防范功臣，却没想到，大封刘姓宗室为王以后，强藩也会成为帝国的威胁。

【原典精华】

帝益明习国家事。朝而问右丞相勃曰："天下一岁决狱几何？"勃谢不知；又问："一岁钱谷入几何？"勃又谢不知，惶愧，汗出沾背。上问左丞相平。平曰："有主者。"上曰："主者谓谁？"平曰："陛下即问决狱，责廷尉；问钱谷，责治粟内史。"上曰："苟[1]各有主者，而君所主者何事也？"平谢曰："陛下不知其驽[2]下[3]，使待罪[4]宰相。宰相者，上佐天子，理阴阳，顺四时；下遂[5]万物之宜；外镇抚四夷诸侯；内亲附百姓，使卿大夫各得任其职焉。"帝乃称善。

——《资治通鉴·汉纪五》

---

①苟：如果。
②其：陈平自称。
③驽：音"nú"，劣马称驽马，好马称骏马。驽下：自谦能力不足。
④待罪：指时时担心自己会因失职获罪，是对自己职务的最谦卑说法。
⑤遂：满足。遂万物之宜：让百姓皆得其所。

【原典精华】

释之曰:"法者天子所与天下公共也。今法如此而更重之[1],是法不信于民也。且方其时,上使立诛之则已。今既下廷尉,廷尉,天下之平也,一倾[2]而天下用法皆为轻重[3],民安所措其手足?唯陛下察之。"

良久,上曰:"廷尉当是也。"

——《史记·张释之冯唐列传》

①更:更改。重:加重。
②倾:以天平倾斜喻刑罚无常。
③为轻重:司法判案失去标准,可轻可重。

【原典精华】

非遇水旱之灾，民则人给家足，都鄙[1]廪庾[2]皆满，而府库余货财。京师之钱累巨万，贯[3]朽而不可校[4]。太仓之粟陈陈相因[5]，充溢露积于外，至腐败不可食。

——《史记·平准书》

①都：城市。鄙：乡下。
②廪：音"lǐn"，米仓。庾：音"yǔ"，露天的谷仓。
③贯：串起铜钱的绳索。
④校：计算。
⑤陈：旧。因：顺着。陈陈相因：今年的新米叠在往年的米上面，之前的新米成了陈米。

(四) 七国之乱

汉文帝因为是外藩入嗣,所以对立储一事非常谨慎。

大臣建请立太子,刘恒说:"楚王刘交是我的叔父,吴王刘濞是我的兄长(堂兄),淮南王刘长是我的弟弟,我不在他们之中遴选王储,而要立我的儿子为太子,会受到天下人的批评。"这既是谦让,也是试探,俟大臣们都表态支持之后,刘恒才指定他的长子刘启为太子。

文帝提及的三王当中,力量最大的是吴王刘濞(音"bì"),因为吴国有一座铜山,吴王濞既能自己铸钱,又能煮海水为盐获利,所以国用富饶。

汉文帝时,刘濞的太子刘贤到长安朝拜,与皇太子刘启一道喝酒博弈,堂兄弟起了争执,刘启拎起棋盘砸死了刘贤,将遗体送回吴国安葬。

吴王刘濞当然很难过,也很气愤,说:"刘姓皇族同宗,都是一家人,死在长安,就葬在长安,何必送回来!"又将刘贤遗体再运回长安下葬。刘濞自此与朝廷冷战,称病不朝。

朝廷一再派使者责问,吴王终于派使者回报:"其实是没病，可是因为一再被责问，所以情况愈来愈僵。请求皇帝赦免前罪，让吴王有机会改过。"汉文帝乃颁布赦令，赐吴王几杖，体谅他年老，免来长安入朝，朝廷与吴国暂时没事。

另一位淮南王刘长是刘邦最小的儿子。刘邦亲征燕王卢绾与陈豨时，经过邯郸，女婿张敖将一位美女送进皇帝行宫，就"有"了刘长。可是后来爆发贯高等谋刺刘邦事件，赵王宫中所有女人都拘禁在河内郡，包括刘长的娘，她向狱吏说："我怀有皇帝的种。"狱吏急忙上报，可是刘邦正在气头上，不理。

刘长的舅舅通过审食其去向吕后讲情，可是吕后是个妒妇，哪会帮忙说情。结果，刘长的母亲在狱中生下刘长，却因狱中卫生条件不好而死了。

刘长这"没娘的孩子"心怀怨恨，怀恨对象包括吕后与审食其。汉文帝三年，他借到长安朝见天子的机会，设计用铁锤打死了审食其，然后袒露上身到皇宫请罪。汉文帝赦免了刘长的罪，刘长反而更加骄纵，淮南国内公然不行汉朝法令，自己立法。终于汉文帝不能再假装没看见，下令撤除淮南国，将刘长送到长安受审。地方政府将淮南王装进囚车，传送长安，一路上郡县都不敢将囚车封条揭出，也就是一路没得"放封"。

刘长对随从说："人家说我有勇力，我有何勇力？我不过态度不佳而已，哪有他们说的那么严重，人生一世不过数十年，怎么能受此屈辱？"于是绝食而死。

民间对此事，流传歌谣："一尺布还够缝衣服；一斗粟还可以舂米。兄弟二人却没有共存空间。"

汉文帝听说有这个民歌，感慨说："尧舜将兄弟放逐，周公诛杀管叔、蔡叔（都是兄弟），天下人称赞他们。为什么？因为他们不以私害公。可是天下人为什么作歌讽刺我？难道以为我贪图淮南王土地吗？"

汉文帝有一位宠臣，名叫贾谊，贾谊一再上疏，要皇帝注意"强枝弱干"的潜在危机。贾谊用了一个很好的比喻：如今天下大局，好比一个人患了四肢肿大之病，手指肿得像腿一样粗，腿肿得像腰一样粗。平常屈伸不便，一两根指头抽筋则全身都会痛楚。如果今天不治疗，拖久了必成痼疾，将来即令扁鹊复生，也无能为力。

贾谊的意思是：兄弟是手足，现在的楚王、齐王都是皇帝的手足或手足的骨肉，可是将来情况会变，皇帝与封国王之间的关系会愈来愈远。那时候，封国太大就会威胁天子，将不再是肿病而已，而是脚掌翻转的恶疾了。

可是汉文帝不想触碰这个敏感话题，召见贾谊时，只跟他谈鬼神之事——这是"不问苍生问鬼神"的典故由来。

文帝崩逝，景帝即位，皇帝年轻，诸藩王多为长辈，因此更加骄纵。吴王刘濞当然是第一名。文帝对他宽容，他还有些收敛；景帝即位，既是后辈，又是杀子仇人，刘濞就更不把朝廷放在眼里。吴国有铜山可以铸钱，又靠海生产食盐，因此非常富足，人民的兵役、劳役都由吴国国库缴付代金。

于是各地人民望风来归，其中当然有逃犯，外郡官吏来吴追捕逃犯，都被刘濞公然拒绝。如此的效果：人民愿意为吴王效死，而境内亡命之徒更多得是，他们只有在吴国才得以逍遥法外，自然勇于为吴王而战。易言之，吴国兵源充足，"强枝"已经大大威胁到"弱干"。

刘启还是太子时，太子詹事（总管）晁错就屡次上书文帝，建议借吴王濞犯过错为口实，削减一些吴国的土地，可是汉文帝每每想到"一尺布"那首歌谣，加上自己儿子打死对方儿子，所以都不采纳。

及至景帝即位，晁错再上疏："当年高祖初平定天下时，因为兄弟少、儿子小，大封同姓宗族为王。其中齐国七十余城、楚国四十余城、吴国五十余城，这三王都不是嫡亲，却分去天下太半土地。"又历数吴王过失，主张削弱大藩，"如今削之也反，不削一样要反。早点削，造反得快一些，祸乱小；现在不削，延后造反，祸乱更大。"

景帝将晁错的上疏，交付公卿列侯讨论，大家都不敢反对（以为是皇帝的意思），于是开始削藩，第一个被开刀的是楚王刘戊。

刘戊荒淫凶暴，告他状的很多，于是借着他到长安朝见天子的机会，由时任御史大夫晁错出面弹劾楚王刘戊。刘戊罪行累累，依法应处死刑。景帝下令赦免死罪，仅削去东海郡。

接下来，赵王刘遂因犯过失而被削去常山郡，胶西王刘印被削去六个县。

朝廷开始动手了，吴王濞当然知道主目标是他，于是也积极准备造反。刘濞估计刘戊没有选择，一定会跟进起兵。可是刘戊不是带兵打仗的材料，而胶西王刘卬有勇力且喜欢研究兵法，刘濞就派出一位辩士应高去游说刘卬。

应高对刘卬说："俗话说'狗糠及米'（狗先舔食糠，吃完就要吃里边的米了），大王只因为小事就被削减土地，实在罪不至此。依我看，朝廷的目标不止如此（最终将会撤藩）。"

刘卬说："我看也是。但是又能如何？"

应高说："吴王愿意捐躯为天下除患，大王意下如何？"

刘卬闻言，瞿然惊骇，说："这种事情怎么可以做！"

应高说："这全都是御史大夫晁错以谗言蛊惑天子所致，诸侯不满，已经天怒人怨。吴王一方面要求诛杀晁错，一方面追随大王之后，扬威天下，肯定所向披靡，谁敢不服？现在只要大王一句话，吴王就率同楚王进攻函谷关，据守荥阳、敖仓的粮仓，阻止汉军东进。大功告成后，吴王与大王平分天下，不是很好吗？"

刘卬被这番话打动，派出使节联络齐王、菑川王、胶东王、济南王，这些都是齐王刘肥的子孙，血缘接近，所以很好沟通，各国都同意出兵。

诸侯反叛已经堆好"干柴"，只等"点火"。而西汉朝廷削藩终于削到吴国，要没收会稽、豫章两个郡，于是吴王刘濞点火了：他将吴国境内凡朝廷派下来的官员全部诛杀，同时派出使节通知所有"盟友"。一时间,楚、赵、胶东、胶西、菑川、济南,连同吴国,一共七国同时举事。

刘濞下令:"我已六十二岁,亲自领军出征,幼子年方十四岁,也随军出征。吴国凡是年纪在我俩之间的男人,全部投入战场。"总共动员了二十余万人。

吴国大军渡过淮水,与楚军会合,发表文告,数说晁错罪状,要求"杀晁错以谢天下"。联军进入梁国,首仗就击斩梁军数万人。梁王刘武坚守都城睢阳,成为阻挡叛军的中流砥柱,但形势岌岌可危。

汉景帝一时慌了手脚,听从晁错政敌的建议,公开处决晁错,可是叛军毫无退兵之意,情况紧急,只有一个人可以倚靠——周亚夫,他是周勃的儿子。

【原典精华】

民有作歌歌淮南厉王曰：「一尺布，尚可缝；一斗粟，尚可舂。兄弟二人不能相容。」上闻之，乃叹曰：「尧舜放逐骨肉，周公杀管蔡，天下称圣。何者？不以私害公。天下岂以我为贪淮南王地邪？」

——《史记·淮南衡山列传》

⑤ 莫须有

汉文帝时，为了防备匈奴入侵京城，在长安城周边设了三个军营：刘礼驻军灞上，徐厉驻军棘门，周亚夫驻军细柳。

有一次，文帝到三个军营劳军，在灞上和棘门都是直驱而入，将军更恭敬迎送。到了细柳营，天子的先遣人员被全副武装的军士拦下来，不得进入。

先遣人员说："皇帝马上就要到了。"

军门都尉说："我们将军有令，'军中只听将军命令，不接受天子诏书'。"

不多久，皇帝大队人马到了，仍然不许进入。于是文帝派出使节，拿着天子符节去对将军宣诏"朕要入营劳军"。周亚夫这才下令开营门。

守门军士对驾车人员说："将军有令，军营中不准放纵驱驰。"于是，皇帝一行只能缓慢前进。

到了将军大营，周亚夫全副武装，手按佩剑，向天子作揖，说："穿着甲胄的战士不下拜，请准许以军礼相见。"

汉文帝为之动容，起立在车上答礼，派人宣布："皇帝诚心慰劳将军。"完成仪式后归去。

出了细柳军门,随行群臣才松了一口气。汉文帝说:"唉,这才是真将军啊!之前在灞上、棘门,简直儿戏,那两个将军随时都会被敌人偷袭而成为俘虏啊。至于周亚夫,谁能侵犯他呢?"

汉文帝临终前告诫太子(汉景帝刘启)说:"若有风吹草动,只有周亚夫可以担当重任。"现在,汉景帝遵照老爹的指示,擢升周亚夫为太尉,统帅三十六位将军,讨伐吴楚联军。

周亚夫提出他的战略:"楚军剽悍且机动性高,其攻势必定猛烈,我军与之正面相抗不是上策。如果我们让梁国挡住正面,中央军将重点置于断绝吴楚联军的粮道,才能克敌制胜。"刘启批准。

周亚夫依既定战略进行,主力绕到吴军侧背,攻击补给线。而吴楚联军仍猛攻梁国都城睢阳,梁王刘武不断派出使节向周亚夫求救,周亚夫坚持战略,不回应求救。刘武向景帝控诉周亚夫,景帝下诏周亚夫赴援,周亚夫拒不奉诏。

睢阳城依靠韩安国与张尚两位将领,紧守不失。吴楚联军转向攻击周亚夫,周亚夫坚守营垒不出战。时间一久,汉军攻击补给线的效果显现,吴楚军感受到粮食不济的压力,更急于一决胜负。可是吴楚军愈急,周亚夫愈是坚守不出。

吴王刘濞决定用奇,派兵猛烈攻击周亚夫阵地东南角,周亚夫下令西北角阵地加强戒备,果然吴楚军迂回攻击西北阵地,但却无法突破——这是吴楚联军最后一次攻势。在攻势受挫之后，一些士兵因为饥饿而临阵脱逃，大军只好向后撤退。

周亚夫看见等候已久的机会出现，立即下令开壁纵兵出击，叛军霎时崩溃。吴王刘濞自知无力再战，带着近身卫士数千人趁夜逃亡。楚王刘戊见大势已去，自杀。

刘濞南逃，渡过长江，打算撤退到东越王国（今浙江）。可是汉帝国中央以重金贿赂东越。东越诓刘濞到己方军营劳军，暗伏杀手以矛刺杀刘濞，七国之乱于是平定。

周亚夫因为平定七国之乱的功劳，当上了丞相。但因置梁国独力面对强敌而不救，与梁王刘武之间有了裂痕。梁王死后，窦太后乃迁怒周亚夫，偏偏周亚夫自以为功劳盖世，对皇家的事务居然也表示"异见"：先是景帝要废太子，周亚夫力陈不可；之后，景帝要封王皇后的哥哥王信侯爵，周亚夫又搬出刘邦那句"非有功不封侯"予以否决。

不久之后，景帝在禁宫召见周亚夫，请吃饭，桌上摆了大块的肉，没切开，也没筷子。周亚夫向侍者要筷子，景帝看着他，笑着说："你这样还不够吗？"

周亚夫顿时醒悟，自己已经大祸临头，立即脱下官帽请罪。景帝起身，周亚夫乃快步退出。景帝看着他出去，口中喃喃自语："这家伙态度不佳，将来恐怕不利于少主。"

过不久，周亚夫的儿子为父亲采办陪葬器物，向工官（后勤署）买了五百套盔甲盾牌。可是找来人搬运，却不给工资（特权令人发指），工人们气极了，上书告发。兹事体大，景帝交给司法官调查。司法官去条侯府邸问案,周亚夫拒绝回答。有司再呈报皇帝,景帝下令周亚夫向廷尉报到。

廷尉问:"阁下(买兵器)难道想造反吗?"

周亚夫说:"我买的是陪葬用品,怎么说是造反呢?"

廷尉说:"阁下纵然不反于地上,也是想反于地下!"

廷尉逼问愈急,周亚夫绝食抗议,五天不吃,呕血而死。

周亚夫的罪名其实就是"莫须有",比岳飞早了一千二百多年。

刘邦、刘启诛杀功臣,都是为了消除帝国继承人可能面对的威胁。而刘启的皇位继承人,又另有一番曲折。

【原典精华】

廷尉责曰:"君侯欲反邪?"

亚夫曰:"臣所买器,乃葬器也,何谓反邪?"

吏曰:"君侯纵不反地上,即欲反地下耳。"吏侵之益急,……因不食五日,呕血而死。

——《史记·绛侯周勃世家》

六 金屋藏娇

汉景帝刘启仍是太子时，祖母薄太后为他娶了一位薄家的女儿。刘启即位后，薄女士当然就成为薄皇后，可是刘启并不喜欢她，可能也因此她没有生儿子。皇后没生儿子，意味着没有"当然"的太子。

七国之乱是国家一大危机，乱事平定后，群臣建议立太子，这有安定人心的作用，等于宣告：其他诸侯不必妄想了，皇位已有指定继承人。

刘启有两个儿子：长子刘荣、次子刘彻。由于都不是嫡子，所以立刘荣为太子，封刘彻为胶东王。

刘荣当上了太子，所谓"母以子为贵"，他的母亲栗姬开始态度高傲，以为总有一天会成为皇太后。加上汉景帝在祖母过世之后，索性废掉了薄皇后，这下子栗姬更神气了，以为皇后非她莫属，开始嫉妒、排挤其他后宫美女。而刘启的姐姐，长公主刘嫖为了加强自己的影响力，一再为弟弟物色美女，于是栗姬视刘嫖为眼中钉。

刘嫖有个女儿，名叫陈阿娇，刘嫖向栗姬提议将陈阿娇嫁给刘荣，遭妒火中烧的栗姬一口回绝。刘嫖动了气，决心除掉栗姬，转而向另一位皇子刘彻的母亲王娡提亲。王娡一口答应，并与刘嫖结成联合阵线。

刘嫖日夜在老弟面前诋毁栗姬，说她妒性太强，万一给她当上太后，将来恐怕会再发生"人彘"事件。汉景帝听到"人彘"，心有不安，有一次身体微恙，他就借机对栗姬进行了一项试探，说："如果我死了，请你要好好照顾其他皇子。"

谁晓得，栗姬闻言却醋劲大发，非但不答应，甚至口出"不逊之言"——景帝拂袖而去时，似乎听到栗姬骂了一句"老狗"。然而，景帝仍然宠爱栗姬，并未因此做出处置。

这时，王娡出手了。她买通了大行（皇族事务大臣），上疏建议："子以母贵，母以子贵。太子的母亲没有称号，建议立为皇后。"

如果是皇帝要为太子的母亲拟封号，那是大行的任务。可是皇帝还没决定的情况下，立谁为后却不是人臣可以建议的。因此，汉景帝大怒，下令诛杀大行，并且认定是栗姬买通大行，下诏废掉太子，刘荣改封临江王。从此栗姬不得见到皇帝，恚恨而死。

太子刘荣废掉了，要立谁为储君？

有条件争取储君之位的有两位：景帝的另一个儿子（王夫人所生）胶东王刘彻，以及窦太后钟爱的幼子梁王刘武。

王夫人受宠程度是远远不及栗姬的，可是刘彻有个姑妈兼准岳母，就是长公主刘嫖。先前刘嫖与王夫人已经联手除去了太子刘荣与栗姬,下一目标当然瞄准太子位,但在发动之前,刘嫖还要做进一步"确认"。

有一天,刘嫖带着阿娇到了王夫人所居殿所,将侄儿刘彻抱到膝上坐着,然后一本正经地问他:"阿娇给你当媳妇好不好?"

小刘彻说:"好啊!"

"那你将来要怎样疼她?"

"我打造一座金屋给她住。"

这就是"金屋藏娇"成语典故。所谓"金屋",并非真的用金子打造一间房屋,而是形容宫殿金碧辉煌,极其华丽堂皇。长公主刘嫖听到小刘彻这句话,大为高兴,于是大力促成立刘彻为太子。

刘彻立为太子,最失望的当然是另一位王储竞争者梁王刘武。刘武是窦太后的小儿子,汉景帝刘启的亲弟弟,在七国之乱时,他铆劲顶住吴楚联军攻势,才为老哥皇帝争取到时间,部署反攻。

窦太后宠爱这个小儿子,好几次提议:立梁王为太子。甚至汉景帝都松口了,却被大臣袁盎等搬出一堆理由反对,因而作罢。

基本上,梁王本人并没有很大野心,可是手下有几位野心家:羊胜、公孙诡、邹阳等。他们鼓吹梁王刘武储备兵器弩弓,并充实府库,梁王出入仪仗更比照天子规格,非常高调。

刘彻立为太子,梁王为此怨恨袁盎,羊胜、公孙诡就买了刺客暗杀袁盎与另外十余位当时反对立梁王为太子的大臣。刺客到了关中,向长安市民打听袁盎,到处都听到好评,人人赞不绝口。于是刺客去见袁盎说:"我收了梁王的金子,前来刺杀阁下。可是听说阁下是一位好官,不忍心下手,后面还有十几位刺客要来,阁下请加强戒备。"

袁盎闻言,心中恐慌,偏偏家中又出现一些怪现象,于是去向一位占卜者请问吉凶,却在回家途中被刺客杀死。

当天不止袁盎被刺,另外还有十位大臣遭刺杀。

这还得了!汉景帝下令全力搜捕刺客。抓到后,发现是梁国指使,于是派出一批又一批的使者,要梁国拘捕主谋者公孙诡与羊胜,并将两人送到长安接受审讯。两人躲到梁王后宫,使者只好施压梁国相轩丘(复姓)豹,轩丘豹与梁国内史韩安国建议梁王令两人自杀,将尸首交给使者。

梁王派亲信去长安,走长公主门路,向太后求情,以求赦免。然后亲自入关请罪,车队到了函谷关,梁王改乘丧车,掩人耳目,低调进入长安,躲在长公主家中花园里。再由太后宣召,免于一死。景帝此后就不再和弟弟同车(辇)出入。

刘彻在景帝逝世之后继位,是为汉武帝。

【原典精华】

（胶东王）数岁，长公主嫖抱置膝上，问曰："儿欲得妇不？"胶东王曰："欲得妇。"长主指左右长御百余人，皆云不用。末指其女问曰："阿娇好否？"于是乃笑对曰："好！若得阿娇作妇，当作金屋贮之也。"

——《汉武故事》

⑦ 长门怨

汉武帝即位，陈阿娇成了陈皇后。长公主刘嫖自认为功劳很大，陈皇后因而既骄且妒，不许其他宫人亲近皇帝。可是，阿娇偏偏一直生不出儿子，花在求子上的金钱达到九千万，仍毫无消息。

汉武帝前往灞上举行禳祭（消灾祈福大典），回程时顺道拜访姐姐平阳公主，看上一名歌伎卫子夫，就在平阳侯府上"临幸"了卫子夫。平阳公主牢牢把握住了这个"掌握皇帝枕边人"的大好机会，将卫子夫送入宫中。

卫子夫入宫后得宠，陈皇后醋劲大发，一哭二闹三上吊。有意思的是，居然每次都救活了。陈皇后为了挽回皇帝的宠爱，将女巫楚服及弟子引入宫中，以咒语诅咒卫子夫。结果事情被揭露，汉武帝乃下令御史张汤彻查。

张汤采用了残酷的逼供手段，株连了三百多人，楚服在闹市被斩首。陈皇后则被没收皇后印信、罢黜，幽居长门宫。

这长门宫原本是刘嫖的长门园，当初作为礼物送给女婿刘彻，刘彻即帝位后，改为长门宫。现在让陈阿娇住进长门宫，等于休妻"送回娘家"。

刘嫖为此惶恐，向侄儿、女婿、皇帝叩头请罪。武帝说："皇后所为违反大义，不得不废黜。请姑妈宽心，不要听外人闲话。阿娇住在长门宫等于回家，一切供奉仍如正宫皇后。"

然而，即使物质供奉不减，冷宫毕竟是冷宫，陈阿娇"冷"得受不了，听说司马相如的文采受到武帝赞赏，就以千金请司马相如写了一首《长门赋》。这首赋入献皇帝，汉武帝为之感动，开始善待陈阿娇，但并未恢复她的皇后"名分"。

之前陈皇后闹脾气时，刘嫖为女儿出气，派人绑架卫子夫的弟弟卫青，卫青的朋友公孙敖等一批好汉，发动偷袭，将卫青抢救回来。

卫子夫得宠，且有孕，卫青被绑架，这事惊动了汉武帝，就征召卫青到建章宫当管家。卫子夫在生了一个儿子（刘据）之后立为夫人，卫青升为太中大夫。后来陈皇后被废，卫子夫立为皇后，卫青也一再升官，升到大将军，封长平侯。卫青的儿子和两个弟弟都封了侯，民间流行歌于是唱道："生男孩没什么好高兴的，生女孩也不必生气，不信你看卫子夫，一家独霸天下！"

后来，平阳侯死了，公主寡居，皇帝要为姐姐再找一个男人，在列侯中挑选。有人建议："大将军很适合。"

公主笑着说："他从前在我家中，常常骑马担任我的随从（骑奴），怎么可以当我丈夫呢？"

左右说："大将军的姐姐如今是皇后（当年也是你家歌

伎），一家都是侯爵，富贵震动天下，公主岂可低看了他?"

于是公主点头，向皇后提出，皇后再跟皇帝说，皇帝于是下诏将卫青"许配"给平阳公主——小舅子成了姐夫，骑奴成了侯爵。

刘邦留下来的祖训：无功不得封侯。汉武帝为了让小舅子立功，就派他出征匈奴，自此开启"外戚大将军"的一页。

【原典精华】

卫子夫立为皇后，后弟卫青字仲卿，以大将军封为长平侯，……其三弟皆封为侯，各千三百户，……贵震天下。天下歌之曰：「生男无喜，生女无怒，独不见卫子夫霸天下！」

是时平阳主寡居，当用列侯尚主[1]。主与左右议长安中列侯可为夫者，皆言大将军可。主笑曰：「此出吾家，常使令骑从我出入耳，奈何用为夫乎？」左右侍御者曰：「今大将军姊为皇后，三子为侯，富贵振动天下，主何以易之乎[2]？」于是主乃许之。言之皇后，令白之武帝，乃诏卫将军尚平阳公主焉。

——《史记·外戚世家》

---

[1] 尚：娶公主，因为高攀而称"尚"。
[2] 易：轻。易之：看轻。

(八) 外戚大将军

卫青第一次出征匈奴,官衔是车骑将军。那一次,只建立了很小的战功。第二次,建立了大功劳,封为长平侯。他前后出征七次,杀敌五万人,官至大将军,是"大汉天威"的主要人物之一。

大汉天威另一位要角,战功比卫青更显赫,出征六次,杀敌十一万人,他就是霍去病。霍去病也算是皇亲国戚,他是卫青的外甥,原本在武帝身边担任侍卫,因为他善于骑射,皇帝派他跟着舅舅出征,后来也因战功而获封冠军侯。

霍去病个性沉默寡言,可是打起仗来气势凌厉,骁勇当先。

汉武帝想教他学习孙吴兵法,他却回答:"打仗全看对敌时的方略运用,哪用得上古代的兵法。"

武帝为他建了官邸,要他去看看,他回答:"匈奴未灭,无以家为也。"

这样一位英雄人物,却只活了二十四年,英年早逝。霍去病死后,汉朝多年不发兵北征,直到张骞通西域。

汉朝使节自西域回来,个个都向皇帝说:"大宛有一种宝马,出汗如血,称为汗血马,每天能跑五百里,都藏在贰师城,不给汉使看见。"汉武帝闻言动心,派出使节带着千金及一匹金马为礼物,送给大宛国王,以交换汗血马。但是大宛国王不给面子,大汉帝国的使节团被全体屠杀,一个不留。汉武帝视此为奇耻大辱,决定采取报复行动。

此时,汉武帝正宠幸李夫人,有意循卫青模式,封李夫人的哥哥李广利为侯。于是任命他为贰师将军,率领数万军队,讨伐大宛,并夺取汗血宝马。

李广利大军绕过罗布泊,沿途小国都闭城坚守,得不到水草的汉军,抵达大宛边境郁成时,只剩不过数千人,而且既饿又疲。

汉军攻郁成,遭到迎头痛击。李广利与幕僚商量:"我们连郁成都无法攻破,何况攻他们的国都。"于是引兵回国。

大军一来一回花了两年,回到敦煌时,军队仅存十分之一二。派使者上书皇帝:"道路遥远且粮食不继,军队不怕打仗,可是无法战胜饥饿。我们的军队太少,不足以攻下大宛。请求暂时休兵,整补增援后再出发。"

武帝接书,大怒,派使者到玉门关拦阻大军,宣布"军队敢入关者斩"。于是李广利全军团滞留在敦煌,回不了国。

为了让李广利立功,汉武帝再派出六万大军,带十万头牛、三万多匹马,驴子、骡子、骆驼数以万计,粮食加倍,为此"天下骚动"。另外派出十八万大军戍守酒泉、张掖北方,以阻绝匈奴援兵。这一次,大宛挡不住了。贵族发动兵变，杀国王毋寡、献出宝马，与李广利签订和约。耗费全国资源发动战争，李广利带回的战利品只有良马十匹，中等以下三千多匹。

李广利征服大宛，汉朝威震西域，各国纷纷来朝，汉武帝认为可以全力对付匈奴了。于是派贰师将军李广利率三万骑兵出酒泉，在天山击败匈奴右贤王。可是匈奴大军掩至，李广利被包围，差点不得脱身，军队损失六七成。两年后，李广利再率骑兵六万、步兵十万出塞，另外还有三路兵团共七万余人分进合击。匈奴且鞮侯单于率领主力十万骑兵，与李广利大战十余日，匈奴败战，向北撤退。

却在这个时候，长安城内爆发"巫蛊之祸"，牵连到李广利的妻子。消息传到前线，李广利想要建立更大功劳以抵罪，于是追击已退兵的匈奴，大胜，战果丰硕。

这种搏命作风，令李广利手下将领担心会被他带着一齐去送死。长史与都尉阴谋绑架李广利，却被李广利得悉，李广利杀长史，全军向后撤退。可是，汉军已经太深入沙漠。匈奴单于率五万骑兵拦截一心思归的汉军，趁夜在汉军前方挖了一条巨沟，拂晓自汉军后方发动攻击，汉军大乱，坠入巨沟而死者不计其数，李广利投降。

汉武帝建立了空前霸业，人民陶醉在"大汉天威"之中，消耗着文景之治的"老本"，物质与精神上都很满足，殊不知帝国已经被掏空。汉武帝的霸业到此为止，之后，令他伤脑筋的是接班人问题。

【原典精华】

骠骑将军为人少言不泄[1],有气敢任[2]。天子尝欲教之孙吴兵法,对曰:"顾[3]方略何如耳,不至学古兵法。"天子为治弟[4],令骠骑视之,对曰:"匈奴未灭,无以家为也。"

——《史记·卫将军骠骑列传》

①泄:泄漏,这里指话多。
②有气敢任:勇敢有担当,身先士卒。
③顾:看。
④弟:同"第",住宅。

【原典精华】

（贰师将军）使使上书言：『道远，多乏食，且士卒不患战，患饥。人少，不足以拔宛。愿且罢兵，益发而复往。』

天子闻之，大怒，而使使遮玉门，曰：『军有敢入者辄斩之！』贰师恐，因留敦煌。

——《史记·大宛列传》

①益：增加。益发：增兵。
②遮：关闭。

⑨ 爱其子而杀其母

前章说及，李广利因为卷入巫蛊之祸，以致进退失据，最后兵败，投降匈奴。那巫蛊之祸却是一场后宫斗争。

随着功业愈大、年龄愈老，汉武帝刘彻愈来愈专心两件事：担心自己开创的伟大功业被人家"窃取"，因此加紧控制，重用酷吏与特务；挂心自己的生命有一天将逝去，不惜代价追求长生不老，却一再被术士欺骗，因而变得疑神疑鬼。

皇后卫子夫的儿子刘据被立为太子。刘据秉性仁厚，与父亲的严厉作风截然相反；刘据也常劝谏父亲不要大动干戈征讨四方，不要严刑峻法统治国家。武帝笑着对他说："由我来承当艰困，由你来享受安乐，难道不好吗？"事实上，刘彻对儿子的仁厚并无不满，可是朝中的"酷吏帮"却不喜欢刘据。

另一方面，刘彻宠爱一位年轻的姬妾钩弋夫人，钩弋夫人生皇子刘弗陵，刘彻对这个幼子极为疼爱，甚至因为这个儿子是钩弋夫人怀胎十四个月才生下来，而传说尧也是在胎中十四个月才生，因此将钩弋宫门命名为"尧母门"。这个动作使得卫子夫母子的危机感加重，等到大将军卫青逝世，皇后与太子又失去一个靠山。"酷吏帮"因为深恐将来太子即位后自己会被"冷冻"，乃开始设计对付太子。

武帝年纪大了，晚上睡不好，白天常小睡，曾经梦见被数千个木偶攻击，经常精神恍惚，很多事过目即忘。

一位绣衣使者（负责监察），名叫江充，曾经法办过太子宫官员，更拒绝了太子关说，自认为与太子已结怨，于是决定利用武帝的梦境，进行一项针对太子的阴谋。

江充向武帝说："陛下的病，恐怕是巫蛊作祟。"武帝命他进行调查。江充拿着鸡毛当令箭，掀起一股腥风血雨。他率领一批胡巫（异族巫师），宣称有能力看见鬼，到处挖掘土地、翻找木偶，逮捕涉嫌放蛊与夜间祭祀的人。对被捕者施以酷刑，用烧红的铁钳灼烧皮肉，以此取得口供。在哀号声中，人民相互诬告，从京师（长安城）、三辅（大长安地区）到各郡国，株连数万人，造成一次全国性大恐慌。

这就是有名的"巫蛊之祸"。江充的目的并不是要搞白色恐怖，而是利用恐怖手段制造时势，造势成功后，皇帝相信巫蛊是一个全国性祸害了，他才将矛头转向皇后与太子。

但是，汉武帝可不是那么好蒙骗的，若皇帝人在长安宫中，很容易查明真相。因此江充趁着武帝出游甘泉宫（皇帝别宫，位在长安城北）时，到皇宫中翻掘土地，然后宣称："在太子宫掘得特别多木偶，还有一些写在绸缎上的文字（帛书），内容大逆不道。"并且立即派人飞报皇帝。

在心慌意乱中，太子刘据采纳了太子少傅石德的建议，逮捕并亲手杀了江充，将那些胡巫都拖到上林苑中烧死。

接下去就是一场糊涂战斗：汉武帝亲自率军"平乱"，而"造反"的太子刘据则兵败逃亡，一直逃到湖县（今河南省境内），被地方官派兵围捕，自缢在房中。

在这一场大乱之中，有人密告："丞相夫人与贰师将军李广利一同搞巫蛊，打算拥立李夫人生的儿子刘髆。"经查确有其事，于是逮捕李广利全家，李广利后来兵败投降匈奴后，全家被杀。

太子自杀了，武帝必须立一个新太子。钩弋夫人生的皇子刘弗陵是当然人选，可是转念想到此子年幼，母亲又年轻，因而迟疑不决。——汉初已有吕后的"人彘"惨剧，武帝自己又从小受祖母窦太后的压制，若未来钩弋夫人娘家兄弟弄权，自己经营数十年的伟大帝国，可能因而陷入内乱。

过了几天，武帝找了一个理由，对钩弋夫人大发脾气。钩弋夫人吓得脱下头饰、耳环（披头散发），跪下叩头。

武帝吩咐侍卫："拉出去，关进宫廷监狱。"

钩弋夫人这才发觉事态严重，在拉到门口时，回头以哀怨眼神乞求。

武帝说："快走吧！你不可能活了。"

钩弋夫人最终在狱中被赐死。

过了一阵子，他问左右："外界对这件事有什么批评吗？"

左右回答:"人们看不懂,既然决定立她的儿子为太子,又为什么杀了太子的亲娘?"

武帝说:"这中间的道理,不是你们这些蠢蛋小子能够理解的。自古国家的乱源,多是由于君王年幼而母亲青春正盛。女人当国而寡居禁宫,容易因权力集中而骄傲放纵,而且没有人可以约束她。你们忘了吕后的事情吗?此所以我不得不先下手将她除去啊!"

汉武帝说得很对,却不是全部。帝国的威胁除了"子少母壮",还有"强枝弱干"(记得七国之乱吗?),所以他必须再做一层安排。

【原典精华】

后数日，帝谴责钩弋夫人，夫人脱簪珥[1]，叩头。

帝曰：『引持去，送掖庭狱[2]。』

夫人还顾，帝曰：『趣行[3]，汝不得活。』

卒赐死。

——《资治通鉴·汉纪十四》

①簪：头饰。珥：音"耳"，耳饰。
②掖庭狱：宫廷监狱。
③趣：同"促"，催促。趣行：快走！

⑩ 托孤大臣

刘弗陵年才数岁,可是身材较同年龄幼童来得壮且大,而且非常聪明。汉武帝在处决钩弋夫人之前,已经做了一个安排:为刘弗陵设置辅政大臣,辅佐他对抗强大诸侯,捍卫皇位。

武帝相中的人选是奉车都尉、太中大夫霍光。霍光是霍去病的异母弟,也跟霍去病一起叫卫青"舅舅",算是皇室的亲戚。武帝相中了霍光为身后托孤大臣,吩咐黄门(禁宫侍从)画一张"周公负成王朝诸侯"图赐给霍光。意思很明显,希望霍光能效法周公辅佐周成王——抱着幼小天子接受诸侯朝见。

处决钩弋夫人之后,汉武帝心事已了,病情转趋严重,病榻之旁有两个人:霍光与金日磾。霍光流着眼泪,再做最后确认:"陛下万一有个三长两短,该传位给谁?"

刘彻说:"你难道还不懂我赐你那幅画的用意吗?立我最小的儿子为帝,由你扮演周公角色。"

霍光叩头谦让说:"我不如金日磾。"

金日磾则说:"我是个外国人,不如霍光。若由我辅政,将使匈奴轻视汉朝。"

刘彻下诏立刘弗陵(八岁)为太子,任命霍光为大司马大将军,金日磾为车骑将军,太仆上官桀为左将军,三人接受遗诏,共同辅佐幼主;又任命治粟都尉桑弘羊为御史大夫(相当于副丞相)。几人都在病榻前受命就职。

这是历史上有所谓"顾命辅政大臣"的起始,后来的一千多年历史当中,只要出现"顾命大臣",就意味着小皇帝必须面对权臣。

霍光出入皇宫二十余年,为人严谨、守分寸。宫廷侍卫曾经私下观察,发现他每天出入、上下殿门时脚踏的位置不差尺寸——好可怕的一个人。

金日磾是匈奴休屠王的儿子,在汉武帝左右二十年,目不斜视,皇帝赏赐给他的宫女,他不敢靠近;皇帝要收他的女儿为姬妾,他也不同意。他的儿子是刘彻的玩伴,曾经跟宫女打情骂俏,被金日磾看到,竟杀了自己的儿子——又一个可怕的人。

上官桀有勇力,担任羽林郎(禁卫军)时,皇帝前往甘泉宫,大风忽起,车队不能前进。上官桀臂力强壮,虽在大风之中,仍高举黄绫伞盖,不离御车,忠心耿耿。

这三人都不是朝廷大臣,却是汉武帝的亲信当中最可靠的三位。然而,一旦成为幼主的辅政大臣,他们的地位一下子就到了丞相与九卿之上,于是文官制度就混乱了。

问题在于，刘彻不信任由丞相辅佐小儿子，也不信任钩弋夫人听政。所以他任命亲信中最忠心可靠的三人，赋予军权（大司马大将军、车骑将军、左将军）以镇压文官，另外任命他的"兴利之臣"当中最有能力的桑弘羊为御史大夫，构成"托孤三加一"组合，掌握了兵权与财政，足以压制文官体系。

做完接班布局，一代雄主汉武帝刘彻就崩殂了，八岁的刘弗陵即位，是为汉昭帝，三位辅政大臣"领尚书事"——大政方针都由他们决定，丞相、御史大夫、太尉等三公都无实权。

【原典精华】

（霍）光出入禁闼[1]二十余年，出则奉车，入侍左右，小心谨慎，未尝有过。为人沉静详审，每出入、下殿门，止进有常处，郎、仆射窃识视之，不失尺寸。

（金）日䃅在上左右，目不忤视者数十年[2]，赐出宫女，不敢近；上欲内其女后宫[3]，不肯；其笃慎如此，上尤奇异之。

——《资治通鉴·汉纪十四》

①闼：音"tà"，门。禁闼：禁宫之门。
②忤：逆。忤视：对视，有对抗意味。
③内：同"纳"。

一一 霍光大权独揽

汉昭帝刘弗陵年纪实在太小,汉武帝六十多岁才生下这个小儿子,在那个年代也确实太老,因此民间传闻不断。

有一天,一名男子乘着黄毛小牛犊拉的车,到了未央宫北门(正门向南,官员奏事、求见都在北门),自称是"卫太子"——皇后卫子夫生的儿子刘据,当年他因巫蛊之祸在逃亡途中自杀,有关他仍然在世的传言不绝。

官员赶紧上报,皇帝(其实是三摄政)下诏集合三公、将军、中二千石以上官员共同辨识。京城长安人民闻风而至,看热闹的有数万人。右将军亲自指挥军队镇守现场,以防突发事件——如此群众规模与官方戒备规格,更显示幼年皇帝的正当性受到质疑。

奉命前来辨识的高级官员,包括丞相、御史大夫及九卿(部长级大员)、将军等,一个都不敢发言——因为不晓得背后是不是有一个大阴谋,这种时刻若发言不慎,以后恐因"政治不正确"而获罪。

京兆尹(京师最高行政首长)隽不疑最后赶到,一到就下令逮捕那个男子。有人劝他："还不能确定是不是真太子，先不要妄动吧！"

隽不疑说："各位为什么要顾虑他是不是卫太子呢！卫太子得罪先帝（武帝），逃亡在外，即使没死，现在来也只当是犯人自首而已！"于是将之押送"诏狱"（收押特殊身份人士的监狱）。

民间传闻不断，有野心的强藩当然会加以利用。刘彻的儿子当中，最年长的燕王刘旦就蠢蠢欲动。

太子刘据涉入巫蛊之祸，兵变失败身死时，燕王刘旦自以为他最年长，顺位在前，于是上书请求到长安"宿卫"，这摆明了是想"守株待兔"。武帝当时正在为太子造反而心痛、疑惧，看到又一个儿子露骨表态，志在大位，勃然大怒，下令将送信来的燕国使者，就在宫阙之下斩首。

武帝崩逝，昭帝继位。燕王刘旦当然不服气，于是联络齐王刘泽，想要搞叛变。他给了刘泽一个说法："我什么时候有个如此年幼的弟弟？怎么可能？我怀疑，现在继位的这小子，是大将军（霍光）的儿子。"

消息传到长安，霍光派人前往安抚，刘旦乃暂时不动。却引起另一位摄政大臣上官桀跟他儿子的注意，想要利用燕王夺权。

三位摄政大臣中，金日磾上任一年多就去世了，另外两位以霍光为首，上官桀为次。他俩交情甚笃，之前就已结为儿女亲家，霍光的女儿嫁给上官桀的儿子上官安，生了一个女儿，年方五岁。而上官安认为，自己的女儿（也是霍光的外孙女）嫁给十一岁的皇帝很适合，就积极游说丈人霍光，可是霍光不答应，上官安于是转向他人。

鄂邑盖长公主（皇帝的姑妈）守寡，与一个姓丁的男人相好。上官安与此人有私交，于是游说他："我的女儿，容貌端正，若蒙长公主的帮助当上皇后，我们父子在朝廷主政，又有皇后为内援，权力将无可动摇。这件事成或不成，全凭你一句话。"

上官安言之有理：他的父亲、岳父都是摄政大臣，他若成了皇帝丈人，真的可以权倾天下。

丁姓男子被上官安打动了，积极游说盖长公主，长公主游说皇帝，下诏封上官安的五岁女儿为倢伃（后宫第一级），隔年，上官倢伃再封为上官皇后，上官安则封为桑乐侯。

这下子，上官安可得意了。每次从皇帝后宫宴饮回家，都对宾客炫耀："今天又跟我的女婿喝酒，真是快乐呀！"

当了皇帝的丈人，上官安起了野心，开始积极串连，联合长公主及御史大夫桑弘羊，再用力拉拢燕王刘旦，结成一个反霍光集团。

刘旦满心以为这是大好机会，自己可以当皇帝了，派出一批又一批的密使，带着大量金银财宝前往长安活动。并在上官桀的指点之下，上书控告霍光，说他"外出仪仗、规格如皇帝出巡，为所欲为，恐有'非常'行动"。

上官桀趁霍光休假时，将燕王奏章送呈汉昭帝刘弗陵。

计划一等到小皇帝交下查办，他跟桑弘羊就立即逮捕霍光。孰料，昭帝收下奏章，却搁下不处理。

第二天，霍光上朝，听说有这件事，就留在"画室"，不进入大殿。

昭帝问："大将军呢？"

左将军上官桀回答："因为燕王告他状，所以不敢上殿。"

昭帝下诏："召大将军。"

霍光进殿，脱下官帽，叩头请罪。

昭帝说："将军请戴上官帽。我知道这份奏章所言不实，你没有罪！"

霍光说："陛下怎么知道的呢？"

昭帝说："你去校阅广明营军队，是这两天的事情，你调动校尉还不到十天，燕王怎么会知道？（相当于十天内把消息传到千里之外，再把回应传回来，以当年条件，绝无可能）况且，将军若真的企图发动政变，根本不需要动员校尉。"

那一年，汉昭帝刘弗陵才十四岁，说出这一番道理，令在场大臣与官员都为之惊异。

反霍光集团设计陷害失败，决定直接动武：由盖长公主设宴邀请霍光，预备在现场伏兵，格杀霍光，然后废昭帝，迎立燕王刘旦。

但这是他们告诉刘旦的版本，事实上，上官安的计划是：事成之后，杀刘旦立上官桀为帝。有人问他："那皇后怎么办？"上官安说："猎狗追逐麋鹿时，哪还顾得到兔子？如果只做到皇后外戚就满足，哪天皇帝移情别恋，我们连皇帝家人都当不成了。现在可是百世难遇的大好机会，绝不能错失！"

刘旦为此兴奋不已，联络各地英雄豪杰千余人，武装待命，承诺事成之后，封上官桀为王。燕国宰相劝谏："上次与齐王刘泽合谋，事情未发动，消息已走漏，这次恐怕故事重演。而且，即使成功，他们（上官父子）又会背叛你。"

刘旦根本不想听这种话，说："前些时候，有一男子自称卫太子，长安城人民归心，显示当今皇帝不得人心。我是先帝长子，天下共知，怎么会有人反对。"下令群臣准备行装，随时出发。

然而，消息还是走漏了，盖长公主家的一个收租员向杜延年告密，杜延年迅速报告霍光。霍光反应迅速：由皇帝下诏，命丞相田千秋逮捕上官父子、桑弘羊等，全部族诛。盖长公主自尽。

燕王刘旦问自家宰相："大事已败，要不要出兵？"宰相说："上官桀已死，天下皆知，发兵无益。"刘旦于是与臣僚、姬妾饮酒诀别，自尽而死。

从此，霍光大权独揽。汉武帝刘彻机关算尽，杀了钩弋夫人，避免了太后、外戚干政，却因此造就了一个权力大过皇帝的权臣。

【原典精华】

有男子乘黄犊[1]车诣北阙[2],自谓卫太子。公车[3]以闻,诏使公、卿、将军、中二千石杂识视。长安中吏民聚观者数万人。右将军勒兵阙下以备非常。丞相、御史、中二千石至者并莫敢发言。

京兆尹不疑后到,叱从吏收缚。或曰:"是非未可知,且安之!"

不疑曰:"诸君何患于卫太子!……卫太子得罪先帝,亡不即死,今来自诣[4],此罪人也!"遂送诏狱。

——《资治通鉴·汉纪十五》

①犊:小牛。
②阙:宫门。
③公车:汉代官署名称,掌管征召,受奏章,类似皇宫收发处。
④自诣:自己来(投案)。

【原典精华】

明旦,光闻之,止画室中不入[1]。上问:"大将军安在?"左将军桀对曰:"以燕王告其罪,故不敢入。"有诏:"召大将军。"光入,免冠、顿首谢。上曰:"将军冠!朕知是书诈也,将军无罪。"光曰:"陛下何以知之?"上曰:"将军之广明都郎[2],近耳;调校尉[3]以来,未能十日,燕王何以得知之!且将军为非[4],不须校尉。"是时帝年十四,尚书、左右皆惊。

——《资治通鉴·汉纪十五》

① 画室:大臣等待召见的房间。经常就在这里画策,因此称画室。
② 广明:京师戍卫军营,皇官侍卫(郎)在此受军训。
③ 校尉:卫戍部队的指挥官。
④ 为非:意指叛变。

【原典精华】

安又谋诱燕王至而诛之,因废帝而立桀。或曰:"当如皇后何?"安曰:"逐麋之狗,当顾菟[1]邪!且用皇后为尊,一旦人主[2]意有所移,虽欲为家人亦不可得。此百世之一时也!"

——《资治通鉴·汉纪十五》

①菟:同"兔"。
②人主:皇帝。

一二 权臣废立皇帝

汉昭帝在位十三年去世,享年二十一岁。他事实上没真正执行过皇帝的职权,起先是三摄政决定,后来是霍光一人决定。然而,昭帝去世却成为霍光的最大危机——理论上,他的辅政大臣任务应该就此解除了。可是汉昭帝没有子嗣,又没有太后(钩弋夫人被武帝赐死),而国不可一日无君,于是立新君的责任又落在霍光肩上。

新皇帝当然得在武帝的儿子当中选,霍光最后决定立昌邑王刘贺为帝,由上官皇后(十五岁,霍光的外孙女)降诏,派出七乘传(使车)迎接,这比当年迎立汉文帝的阵仗还多一乘(一车四马为一乘)。

上官皇后征召昌邑王入继大统的诏书抵达昌邑国的时候,刚刚天黑不久,王宫为此燃起火烛,拆封宣诏。

隔天中午,昌邑王刘贺就迫不及待地往长安出发了。傍晚抵达定陶(今山东、河南交界),已经奔驰一百三十五里,连续六小时不休息,侍从人员的马匹相继累死,一路都是马的尸体。

如此猴急的刘贺，马不停蹄奔到长安，接受玉玺，成为西汉第九任皇帝，尊十五岁的上官皇后为皇太后。然后下令，将原来昌邑国的官吏都调到长安，有些甚至立即擢升为高官，陪着皇帝每天饮酒作乐，或到御花园搏虎斗豹，君臣一同乘上皮轩（前导车）、打起九旒（大旗）在宫内奔驰。

霍光与长安的大臣这才见识到新皇帝的"狂纵"行径，当时还处在为先皇服丧期间，霍光在吃惊失望之余，下定决心终止这个错误，决定罢黜这个昏君。

这个决定由霍光亲信田延年告知丞相杨敞，杨敞听到要罢黜皇帝，吓得语无伦次、汗流浃背。田延年去上洗手间，杨敞的夫人由东厢进来，对杨敞说："如此国家大事，大将军已经决定了，派九卿（田延年为大司农）来通知你，你若不即刻表明与大将军同一阵线，还在犹豫不决，我们全家可要先被杀了。"说完，田延年刚好回来，杨夫人对田延年说："一切遵奉大将军指令。"

与丞相"沟通"完成，霍光召集大夫、博士以上官员，宣布这个决定。全体官员顿时呆若木鸡，没有一个人敢发言。田延年见状，手按剑柄，大声说："先帝（武帝）将孤儿（昭帝）托付给将军，就是交付安定刘氏天下的重责大任。如今一小撮狐群狗党闹得太不像话，万一搞垮了国家，将军有何面目见先帝于地下？今日会议一定得有定论，哪个有所迟疑，立即格杀。"

霍光向百官道歉："九卿责备我的话是对的，天下骚动，我该受罚。"

田延年与霍光,一个唱黑脸,一个唱白脸。那些文官只有被操弄的分,于是全体一致支持霍光。

霍光乃率领百官,朝见上官太后(霍光的外孙女),太后下令召见皇帝,当场宣布废黜刘贺,送他回昌邑,但不再是国王,只保留他的食邑——刘贺只当了二十七天皇帝!

霍光必须赶紧再立一个新皇帝。有过刘贺的惨痛教训,他不敢再从外藩当中挑选,这时候,出现了一个"皇曾孙"。

当初,武帝的太子刘据宫中有一个史良娣(良娣,地位仅次于太子妃),生了个儿子刘进,人称"史皇孙"。刘进妻子生了个儿子叫刘病已,称"皇曾孙",才生下几个月,就因巫蛊案被收押在大鸿胪的邸狱,母亲已问斩。

当时的廷尉监(典狱长)丙吉同情这位皇曾孙,专门安排了两名女犯负责喂奶,并将他安排在地势较高的牢房(比较不潮湿),每隔一天就亲自去探视一次。

巫蛊案拖了好几年,汉武帝当时生病,经常前往郊区离宫休养。有一位"望气"法师说:"长安狱中有'天子气'。"武帝才经历太子"谋反",于是下令将长安狱中所有囚犯一律诛杀。

禁宫内者令郭穰于深夜到邸狱执行这项诛杀令。丙吉拒绝开门,说:"皇曾孙在狱中,任何无辜者都不该被处死,何况陛下的亲曾孙。"

相持到天亮,丙吉毫不退让,郭穰回宫告状,说丙吉居然抗诏。这时武帝蓦然有所悟，说："此乃天意。"于是下诏大赦天下。而长安所有监狱的犯人都已处决，只有邸狱的犯人因丙吉的坚持得以活命。

就在霍光、张安世等大臣为皇帝继任人选大伤脑筋时，丙吉上书霍光，推荐刘病已。霍光认为这个人选极好：没有娘家、没有属国群臣、没有兄弟，易于控制。于是由上官太后降诏，立刘病已为天子。那一年，刘病已十八岁，是为汉宣帝。

连续迎立新帝、废帝，又立新帝，为汉朝政治开了"权臣可以废立皇帝"的先例。(先前只有吕太后废前少帝，立后少帝。)

【原典精华】

光、安世既定议,乃使田延年报丞相杨敞。敞惊惧,不知所言,汗出洽[1]背,徒唯唯而已。延年起,至更衣。敞夫人遽从东厢谓敞曰:"此国大事,今大将军议已定,使九卿来报君侯,君侯不疾应,与大将军同心,犹与[2]无决,先事诛矣!"延年从更衣还,敞夫人与延年参语许诺:"请奉大将军教令!"

——《资治通鉴·汉纪十六》

① 洽:沾湿。
② 犹与:犹豫。

一三 鸩杀皇后

汉宣帝即位，封配偶许平君为倢伃，而霍光的妻子显（娘家姓氏不详，以下为方便称她"霍显"），一心想要将女儿霍成君嫁给刘病已当皇后。宣帝很有智慧，下诏"寻找我卑贱时遗失的一把剑"，暗示不忘旧情，立即有大臣上书，建请晋封许平君为皇后，宣帝欣然批准。（成语"故剑之思"语出此典）

可是霍显仍然寻求每一丝机会。

机会终于来了，皇后许平君再次怀孕（平民时已生一个儿子刘奭。奭，音"shì"）。女医淳于衍曾经入宫为皇后看病，而淳于衍又受过霍家很多照顾。这一次皇后又召淳于衍入宫，淳于衍的丈夫要她先去拜访霍显，伺机为他讨一个安池总管的职位（安池产盐，大肥缺）。

淳于衍去拜访霍显，霍显紧抓这个机会，摒开左右，直呼淳于衍小名，说："少夫，你相公的事包在我身上，可是我也有一事相求，可以吗？"

淳于衍："夫人尽管吩咐，我无不听命。"

霍显:"大将军最宠爱小女儿霍成君,有心让她大贵(当皇后),这件事全靠你了。"

淳于衍(愕然):"我能做什么?"

霍显:"女人生产,与鬼门关只隔一纸,十死一生。如今皇后即将分娩,只要你给药时加点'料',神不知鬼不觉,成君就当上皇后了。如果这件事因你而成功,荣华富贵无可估量,少夫,我们一同享用!"

淳于衍:"皇后的汤药,必须由宫女先尝,怎么办得到?"

霍显:"少夫,我相信你一定有办法的。你别怕,大将军权倾天下,谁敢多说什么?任何状况都有大将军护着,就看你愿不愿意去做而已。"

是的,大将军权倾天下,淳于衍哪有"不愿意"的空间?大将军夫人既然开了口,若是拒绝,眼前就是灾祸。她犹如被送上了虎背,下不来了,只能答应:"愿意尽力。"

淳于衍将附子(草本,根部有剧毒)捣碎,携入长定宫(皇后宫),待皇后生产后将之掺入太医搓和的药丸,让皇后服下。

许平君服药之后,说:"我的头皮发麻、脑袋沉重,莫非是药中有毒?"

淳于衍说:"怎么可能?"

接下去,毒性发作更加剧烈,不久许平君就死了。

这可是天大的事,汉宣帝下令将全体御医逮捕入狱,追究他们的责任。虽然并未怀疑是下毒,但即使是照顾皇后失职的罪名，恐怕也脱不了死罪。

霍显担心淳于衍会讲出来，只好把情形告诉霍光。霍光顿时陷入困境，难以处理。刚好廷尉奏报结案，霍光乃在奏章上加注"淳于衍无责任"，淳于衍因此得释放，也因此霍家的危机未爆发。

而霍成君也"乘虚而入"，被送进了皇宫，隔年，就被封为皇后。但是，这也是霍氏一族的顶峰，之后可以说是急速由高峰跌落谷底。

转折点是霍光去世，汉宣帝追赠他为宣成侯，为他起高冢，墓园管理设置三百户（园邑，功能同食邑），这三百户永远免除赋税。

自此，汉宣帝开始亲政，并且封儿子刘奭为太子，任命丙吉为太子太傅。

这件事令霍显大为气愤，为此拒绝吃饭，以致呕血。她说："那个种（刘奭）是老百姓（刘奭出生时父母还都是老百姓）生的儿子，怎么有资格当太子？将来若皇后（霍成君）生了儿子，难道反而只能当个封国的王？"

于是，老娘教皇后女儿毒杀太子。霍成君依老娘指示行事，好几次召唤太子到皇后宫，喂他食物。可是太子的保母、奶妈很机警，凡皇后赐食，她们都先试吃。皇后袖中藏着毒药，却始终没机会喂给太子。

太子的保母为何如此谨慎小心？猜想是受到过警告。易言之，汉宣帝刘病已对许皇后的死，心中是存有疑惑的，只不过无法证实而已。

宣帝亲政以后,着手削夺霍氏家族的军权:将霍光的三个女婿、一个姐夫、一个孙女婿由禁卫军职务外调为郡太守或高级文职官,军政大权转移到张安世身上。

霍氏家族为此而恐慌,有人提出:"请太夫人(霍显)教皇太后(上官太后)下诏,先杀了丞相与平恩侯(许皇后之父许广汉),再换掉皇帝。"这个馊主意当然不可能实行,一位寄居马厩的人还听到马夫闲话,提出检举。皇帝虽然不追究,但霍氏族人却愈加恐慌,居然认真密谋要废帝。

可是,此时可不比霍光在世之时,密谋不但很快泄露,廷尉的逮捕行动也很迅速。接下来,霍家几位要角,有的自杀,有的砍头或腰斩,亲族数十家全部诛杀,皇后霍成君也被罢黜——霍光血脉唯一没事的,是上官太后。

【原典精华】

会许后当娠,病,女医淳于衍者,霍氏所爱,尝入宫侍皇后疾。衍夫赏为掖庭户卫,谓衍:"可过辞霍夫人,行为我求安池监。"衍如言报显,显因心生,辟左右,字谓衍曰:"少夫幸报我以事,我亦欲报少夫,可乎?"

衍曰:"夫人所言,何等不可者!"

显曰:"将军素爱小女成君,欲奇贵之,愿以累少夫!"

衍曰:"何谓邪?"

显曰:"妇人免乳,大故,十死一生。今皇后当免身,可因投毒药去也,成君即为皇后矣。如蒙力,事成,富贵与少夫共之。"

衍曰:"药杂治,常先尝,安可?"

显曰:"在少夫为之耳。将军领天下,谁敢言者!缓急相护,但恐少夫无意耳。"

衍良久曰:"愿尽力!"即捣附

子,赍入长定宫[5]。皇后免身后,衍取附子并合大医大丸以饮皇后,有顷,曰:"我头岑岑也,药中得无有毒?"对曰:"无有。"遂加烦懑[6],崩。

——《资治通鉴·汉纪十六》

① 辟左右:支开左右。
② 字谓:称对方的字,以示亲近。
③ 奇贵:地位不凡。男子奇贵为皇帝,女子则为皇后。
④ 免:同"娩"。
⑤ 赍:携带。
⑥ 懑:心闷。

一(四) 五日京兆

汉宣帝小时候吃过很多苦头,又在民间长大,因此,他非常体贴老百姓。他常常说:"要老百姓能够安于生活、安土重迁,而不生民怨,最要紧就是行政公平、司法公正。能与我一同完成这个目标的,就是'良二千石'了。"

二千石,是郡太守与封国相的俸禄。西汉行郡国双轨制,"二千石"就是指地方政府的最高行政官。

宣帝物色"良二千石"更能不受朝廷的派系限制(因为他没有包袱)。例如之前昌邑王刘贺带来长安的龚遂,几乎是刘贺身边唯一"忠言逆耳"的亲信,肯定是个好官,却因为被归为"昌邑帮",而不被霍光集团接纳。当时渤海郡闹饥荒、盗贼横行,有人推荐龚遂,宣帝召见龚遂,与他讨论施政方向之后,任命他为渤海太守,后来龚遂也因考绩上等而调升,回京担任水衡都尉(九卿之一)。

宣帝时期,出了不少能干的大臣,其中一位代表人物是张敞。

张敞担任京兆尹时,发生"杨恽大逆案"。张敞跟杨恽颇有私交，杨恽被处死之后，许多人就落井下石，那些奏章、封事都被搁下不处理。山雨欲来风满楼，张敞的京兆尹眼看不保。

此时，张敞命一名官吏絮舜查一个案子，絮舜不听他的，对同僚说："他这个京兆尹最多再干五天，还查什么案?"然后就回家睡觉去了。

张敞听到这话，命手下逮捕絮舜，日夜审问，判他死刑。行刑之前，张敞派主簿（相当于主任秘书）送一张字条给絮舜："五日京兆的威力如何？冬季已尽，想要活命吗?"推想絮舜并未求饶，所以最终被处决。

立春（冬天之末）那天，廷尉的"行冤狱使者"出巡，接受人民陈情。絮舜的家属抬着尸体，向使者出示张敞的字条陈情，使者乃弹劾张敞"滥杀无罪之人"。宣帝不愿杀张敞，只将他免为庶人。张敞缴出京兆尹官印，随即离开长安（任内六亲不认，怕被仇家追杀）。

几个月以后，京城（长安）吏治松弛，不时听到追捕盗匪的警鼓。京师之外，冀州的治安最坏，巨盗横行。宣帝于是想到张敞的能力，就派使者去宣召张敞。张敞的妻子、家人听说皇帝使节来，哭成一片。张敞却笑着对他们说："我现在是个亡命的庶人，要抓我治罪，由郡政府派个小吏来就够了。如今来的是天子使者，那是天子要再起用我啊！"

果然，宣帝任命他出任冀州刺史——刺史俸禄只有六百石，比京兆尹二千石差一截，但有权弹劾太守。

总之，汉宣帝时代出过很多好官吏，宣帝为褒扬辅佐他的功臣，派人为十一位功臣画像，并将画像挂在未央宫麒麟阁的墙上。这十一人是：霍光、张安世、韩增、赵充国、魏相、丙吉、杜延年、刘德、梁丘贺、萧望之、苏武。

【原典精华】

帝兴于闾阎[1],知民事之艰难。……常称曰:"庶民所以安其田里而亡[2]叹息愁恨之心者,政平讼理也。与我共此者,其唯良二千石乎!"

——《资治通鉴·汉纪十六》

①闾阎:里巷,民间。
②亡:通"无"。

【原典精华】

敞使掾絮舜有所案验[1],舜私归其家曰:"五日京兆耳,安能复案事!"

敞闻舜语,即部吏收舜系狱,昼夜验治,竟致其死事。

舜当[3]出死,敞使主簿持教[4]告舜曰:"五日京兆竟何如?冬月已尽,延命乎?"乃弃舜市[5]。

——《资治通鉴·汉纪十九》

①掾:音"yuàn",属官、副官。
②验:查察。
③当:正在。
④教:诸侯王公的文告。
⑤弃市:在市场公开斩首。

一⑤ 苏武牧羊

能列入麒麟阁功臣名单中的人物,不是宰相,就是名将,唯独一人官位不高:苏武。

苏武是汉武帝时代与匈奴交战期间,短暂的一次和解时,汉朝派去的使节。

使节团到了匈奴,一天夜里,来了一位客人名叫虞常,曾经投降汉朝,又投降匈奴。虞常与副使张胜过去颇有私交,他对张胜说:"听说汉帝非常怨恨卫律(汉降将,在匈奴被封为丁灵王),我可以派伏兵射杀他。我的母亲与弟弟仍在汉朝,希望汉帝能给予他们赏赐。"

张胜给了虞常承诺(赏赐其母、弟),但是阴谋外泄,且鞮侯单于扑灭了叛军,下令由卫律主持审讯。

张胜得知情况,乃向苏武报告,他曾参与密谋。苏武说:"事已至此,必定追及于我。如果受到匈奴凌辱再死,那可是加倍辜负国家。"准备自杀,但被张胜、常惠等制止。

案情果然牵出了张胜,单于派卫律召苏武谈话,苏武对常惠等人说:"让皇帝的符节受辱,纵使得生,有何面目回到汉朝。"抽出佩刀自刺。

卫律见状大惊，亲自抱起苏武，派人飞驰去召来医生。匈奴的医生在帐中地上挖了一个土坑，置入煴火（无火焰的火堆），将苏武放到火坑上，践踏他的背，让他的淤血流出。苏武原本已经气绝，经过这番草原民族特殊的急救，才又苏醒过来。常惠等既感动又害怕更羞惭，用车子将苏武送回营地，一路激动哭泣。

且鞮侯单于钦佩苏武的壮烈，早晚派人问候，更希望苏武能向他投降，可是苏武宁死不屈。（张胜与常惠等都投降了。）

且鞮侯单于决定对苏武施以压力，将他囚禁在一个空粮仓，断绝他的饮食。当时天降大雪，苏武卧在窖中，将皮衣上的毛和着雪当食物吞食，几天下来居然没饿死。单于再将他放逐到绝无人烟的北海，也就是今天西伯利亚的贝加尔湖畔，要他放牧一群小公羊，说："等公羊哪天有了乳汁，才放你回去。"

苏武在北海牧羊，粮食不继，就挖掘野鼠洞中贮藏的草实为食。每天一起床就紧握汉武帝给他的那根节杖不离手，节杖上的毛都脱落殆尽。

且鞮侯单于听说汉朝降将李陵与苏武私交甚笃，就派李陵去北海劝降苏武。李陵到了北海，对苏武说："你的两位兄弟都因牵连到司法案件而自杀；我出征之前，太夫人（苏武的母亲）已经仙逝；你的妻子还年轻，听说已经改嫁；仅有两个妹妹和一个儿子，十多年过去了，存亡也不可知。你纵使回到汉朝，也没有什么亲人了，人生如朝露般快速消逝，何必如此虐待自己呢？单于一片诚心待你，咱兄弟俩同享富贵，不好吗？"可是，苏武不为所动，甚至以死相胁，李陵无功而返。

时光飞逝，汉武帝死了，且鞮侯单于也死了，汉朝与匈奴各有内忧，暂时休兵，出现短暂的和平。汉朝的和亲使者向匈奴讨还苏武，可是匈奴坚持称苏武已经死了。

当年苏武使节团成员之一的常惠教汉使对匈奴单于说："汉朝天子在上林苑打猎，射下一只鸿雁，雁足上系了一封信，是苏武亲笔所写，说他在某个大泽之畔。"

汉使将这番话对单于说了，单于大惊，只得表示苏武确实仍在，放苏武归汉，前后十九年。

汉宣帝亲政，一心想要恢复武帝时的盛世，对武帝时代的老臣非常礼遇，赐给苏武"祭酒"的称号，每个月初一、十五上朝，丞相丙吉以下的所有大臣，都对他非常敬重。

苏武只是前朝老臣，之所以被加入"中兴功臣图像"之列，是因为汉宣帝有一项超越汉武帝的功业：令南匈奴内附。

【原典精华】

单于使卫律召武受辞[1]。武谓惠等："屈节辱命，虽生，何面目以归汉？"引佩刀自刺。卫律惊，自抱持武，驰召医，凿地为坎，置煴火，覆武其上，蹈其背以出血。武气绝，半日复息。惠等哭，舆归营。

——《资治通鉴·汉纪十三》

①受辞：听从君主的命令。

【原典精华】

单于愈益欲降之,乃幽武置大窖中,绝不饮食;天雨雪,武卧,啮雪与旃毛并咽之,数日不死。匈奴以为神,乃徙武北海上无人处,使牧羝,曰:"羝乳乃得归。"

——《资治通鉴·汉纪十三》

①啮:咬。
②旃:同"毡"。
③北海:大漠中的大湖,或谓即今贝加尔湖。
④羝:音"dī",公羊。羝乳:公羊产乳。后喻指不可能发生之事。

【原典精华】

常惠私见汉使,教使者谓单于,言:"天子射上林[1]中,得雁,足有系帛书,言武等在某泽中。"使者大喜,如惠语以让单于[2]。单于视左右而惊,谢汉使曰:"武等实在。"乃归武及马宏等。

——《资治通鉴·汉纪十五》

---

[1] 上林:上林苑,西汉皇帝的猎场。
[2] 让:谴责,质问。

一六 王昭君

汉武帝时代的北方大敌匈奴，在汉昭帝时代分裂，到汉宣帝时代甚至出现过"五单于分立"，最后成为南北对立，北匈奴郅支单于与南匈奴呼韩邪单于势不两立。

郅支在一次战役中击败呼韩邪，掌控了自冒顿单于以来的王庭（都城），几乎就要完成统一大业。呼韩邪的股肱左伊秩訾王提出建议："不如归顺汉朝，求得援兵，借他人的力量'平定内乱'（郅支同样称呼韩邪为"乱贼"）。"

呼韩邪征询大臣意见，诸大臣一致反对，说："绝对不可。匈奴人的价值观一向是崇拜英雄、鄙视服侍他人者。立国精神就是不断战斗，靠着这种精神才建立了强大的国家。如今（分裂实况）不过是兄弟争国，不是哥哥称王，就是弟弟称王，纵然战死也有好名声，子孙永袭单于。汉帝国虽然强大，但尚没有能力兼并匈奴，若是向它称臣，即使因此打赢对手，也已失了尊严，又如何再统御周围所有民族。"

呼韩邪当时不愿推翻大臣众议，第二年，他仍然亲自率军向汉朝皇帝朝贡。匈奴单于向中国皇帝"稽首"，自称为

"藩"；中国皇帝避位谦让，不视之为"臣"，朝廷司仪则称来人是"藩臣"，但不称呼韩邪的名字。简单说，汉宣帝是将匈奴单于列位于诸王之上的。

呼韩邪归顺汉朝，郅支也派使节来朝献，但是汉宣帝反而对呼韩邪更好。郅支见无法讨好，乃率众北迁，一再击破乌孙，与康居结成同盟。郅支既然北迁，呼韩邪乃率众回到故地，并且还都王庭。

汉宣帝完成中兴大业后去世，继位的汉元帝刘奭派西域都护甘延寿、副校尉陈汤发兵击败北匈奴，郅支单于的人头被送到长安示众。

听说郅支单于身死国灭，南匈奴呼韩邪单于更加表态来朝，并请求成为汉朝女婿。汉元帝命令相关官员研究可行性，议者持反对意见，认为"夷狄不可亲，边防不可罢"（反对通婚，更反对撤防），汉元帝裁决不答应撤防，只同意通婚——配婚对象之一就是王昭君。

昭君本名王嫱，十七岁被选入宫。当时后宫嫔妃甚多，汉元帝命令宫廷画师毛延寿将她们逐一画像并呈阅，只挑选美貌者临幸。后宫佳丽为此争相贿赂毛延寿，请他画得漂亮一些以争取受皇帝"临幸"的机会。王嫱自恃美貌，就是不肯贿赂毛延寿，毛延寿当然就故意将她画得很平庸，以致进宫数年，却一直未曾见过皇帝的面。

汉元帝答应赐给呼韩邪单于五位宫女，起初人选未定，王嫱主动提出愿意出塞和番，于是被列入赐婚名册。

呼韩邪单于结束入朝行程，汉元帝设宴为他送行，宴会中"点阅"赐婚的五位宫女，王嫱出场"丰容靓饰，光明汉官，顾影徘徊，竦动左右"。那一刻，呼韩邪大为满意，汉元帝暗自后悔，可是总不能失信夷狄而有损"上国天朝"体面，当场赐名"昭君"。

王昭君得宠于呼韩邪单于，乃写信向汉元帝陈述当初的委屈。汉元帝接到这封信，下令将毛延寿等宫廷画师十余人通通处死，并且多次派王昭君的弟弟担任宣抚北庭的使节，两国之间因而维持一段相当长时间的友好和平。

王昭君为呼韩邪生了一个儿子，封右日逐王。呼韩邪单于去世，大阏氏（皇后）的儿子继位为复株累单于。匈奴人习俗，父亲死后，儿子连老爹的小老婆也一并继承，王昭君认为她是汉天子所许嫁，应该遵照汉人礼节，因而上书汉朝请求回国。当时汉元帝已死，汉成帝在位，诏书要她遵从胡人习俗，王昭君只好再当新单于的阏氏，又生了两个女儿。

杜甫路过湖北宜昌"昭君村"时作一首《咏怀古迹》，正是感叹这位为国献身的奇女子。昭君死后葬在朔方，坟上草色独青，有异于塞外"白草"，所以杜甫说"独留青冢向黄昏"。

【原典精华】

群山万壑赴荆门,生长明妃[1]尚有村。
一去紫台[2]连朔漠[3],独留青冢向黄昏。
画图省识春风面,环珮空归月夜魂。
千载琵琶作胡语,分明怨恨曲中论。

——《唐诗三百首·杜甫·咏怀古迹》

①王昭君死后,汉帝追封她为明妃。
②紫台:皇宫。
③朔漠:指朔方以北的沙漠。汉代朔方郡即今内蒙鄂尔多斯高原,为汉帝国极北领土。

一七 模范生昏君

汉宣帝建立的中兴气象随着他逝世而过去，继位的是长子刘奭，也就是当初没被霍显毒死的那个"贫贱时所生"的皇子，是为汉元帝。

汉元帝刘奭本质善良，智商也不低，更笃信儒学，崇尚王道。可是他有一个最大缺点：身体不好，多病。因此，"模范生"成了昏君，更糟糕的是，他太依赖宦官石显，石显乃成为西汉第一位弄权宦官。

石显自宣帝时期就参与枢机，他上头还有一位中书令弘恭，两个宦官合作无间。元帝多病，所以朝廷事无大小，都通过石显转呈，再由皇帝裁决——专制体制之下，谁能掌握"见老大"的权力，谁就是"一人之下，众人之上"，国家、帮派、企业皆然。因此，元帝即位短短几个月，文武百官都对石显敬畏有加。

石显要对付的是宣帝临终指定的"辅政三大臣"大司马史高（宣帝表叔）、光禄勋萧望之、光禄大夫周堪。

石显很快与史高结成联盟。史高虽然是大司马，名义上是辅政三人帮之首，可是他不熟悉政务，被萧望之架空。

萧望之是当时的大儒，所以引进皇族中的儒家学者刘更生担任给事中，可以出入宫廷，常侍帝王左右，冀望以他取代宦官（石显）与外戚（史高）。结果，石显在权力斗争中获胜，元帝（其实是石显）下诏"擢升"刘更生为宗正，主掌皇族事务，却不再入宫廷服务。（还是"一脚踢到楼上"的老招。）

接下去，儒家文官与外戚的斗争白热化，此时出现了一个投机分子郑朋。他起初押宝文官派，上书控告史高及许、史两大外戚家族劣迹。

元帝将这份奏章给辅政大臣之一的周堪看，周堪建议召见郑朋。郑朋又送了一封自荐函给萧望之，萧望之接见郑朋，发现他追求的是权力，而非原则是非，就不再理他。

郑朋由失望转怨恨，改投向史高集团，说"之前的事情（上书）是周堪、刘更生教唆的"。

官僚斗外戚，给了宦官更大发挥空间，石显建议皇帝召见郑朋问话，郑朋在皇帝面前检举萧望之"五项小过、一项大罪"。

弘恭、石显接着出手，奏请"萧望之有结党、专权的迹象，请移送廷尉"。元帝不了解"移送廷尉"的实质意义，就批准了。

直到有一天，元帝召唤周堪、刘更生，左右回答："他们已被收押。"才赶紧要人放他们出来。弘恭、石显晓得，一旦他们官复原职，反扑必将猛烈。于是由史高奏报："陛下即位不久，既然已经将师傅（萧望之）、九卿（周堪）、大夫（刘更生）下狱，就不宜一百八十度改变。"于是元帝下诏：萧望之免除前将军、光禄勋职务，周堪、刘更生贬为平民。

从此，萧望之只有每个月初一、十五入宫朝见，但汉元帝对萧望之仍然相当敬重，也重新起用了周堪与刘更生。

刘更生复出后，发动反扑，授意他的一个亲戚上书："陇右发生地震，显示朝廷中有奸臣，地震是针对弘恭与石显，只要罢黜这两个宦官，任用萧望之这种德高望重之人，天下就会太平，天灾地变的泉源就得以塞住。"

元帝当时正生病卧床，任由石显下诏，逮捕那位上书人，讯问之下，发现果然是受到刘更生的指使——刘更生再度贬为庶人。

同一时间，萧望之的儿子萧伋为老爹之前的遭遇上书喊冤。奏章交付廷尉，廷尉回奏："萧望之的事情并非诬陷，却教唆儿子上书，有失大臣礼节，且犯不敬之罪。请准予逮捕。"

弘恭与石显非常清楚，萧望之绝对不可能接受下狱的屈辱，于是对元帝说："如果不用牢狱的痛苦来挫挫他的骄气，他总是自以为是皇帝的老师（萧望之曾任太子太傅），将无法遏止他的怨恨。"

元帝说："萧太傅个性刚烈，怎么会愿意接受入狱？"

石显说："人哪个不爱惜生命。萧望之知道他犯的不是死罪，不必担心他会自杀。"于是刘奭批准将萧望之下狱。

有了皇帝的诏书，石显等大张旗鼓，加深恐怖效果：由谒者带着诏书，交给萧望之亲启，同时调发执金吾（京师警备部队）包围萧望之宅邸。

萧望之问他的学生朱云："该怎么办？"朱云也是个刚烈之士，遂建议老师自裁，以免受辱。

萧望之仰天长叹，教朱云准备毒酒，一仰而尽……

害死了萧望之，石显乃更加肆无忌惮，所幸汉元帝在位时间不长，石显与弘恭羽毛未丰，只是两个宦官加上一个马屁集团，危害不深。元帝去世后，他的皇后王政君却主导了西汉帝国的最后一段，长达四十年，造成了超级灾难。

【原典精华】

恭、显奏:"望之、堪、更生……为臣不忠,诬上不道,请谒者[1]召致廷尉。"时上初即位,不省召致廷尉为下狱也,可其奏。

后上召堪、更生,曰:"系狱。"上大惊曰:"非但廷尉问邪!"以责恭、显,皆叩头谢。上曰:"令出视事。"

恭、显因使史高言:"上新即位,未以德化闻天下,而先验师傅。既下九卿、大夫狱,宜因决免。"

——《资治通鉴·汉纪二十》

①谒者:传达皇帝命令的近侍。

一八 燕啄王孙

汉成帝刘骜说起来颇有教养，也尊重才学之士，可是喜爱美色是他的致命缺点。

成帝即位，太后王政君下令挑选良家女"充实"后宫，有官员向大将军领尚书事王凤（王太后的哥哥）提出谏议，却被太后否决，于是后宫充满了美女。

汉成帝拜访姐姐阳阿公主邸，看上了公主家一名歌舞伎赵飞燕——名为飞燕，因为她"腰骨纤细，身轻如燕，能做掌中舞"。既然皇帝看上，太后又纵容皇帝"充实后宫"，公主当然立即将赵飞燕送入宫中。

杜牧曾写一首《遣怀》就用了赵飞燕这个典故。赵飞燕是个宫斗高手，弄了一个假的巫蛊案，硬栽给许皇后和另一位受宠的班倢伃，结果许皇后被废。法吏拷问班倢伃，她上书皇帝："俗话说'死生有命，富贵在天'，做好事积功德都未必受福报，又怎能期待干坏事能得到福报？如果鬼神有知，不会接受邪行（指巫蛊）；如果鬼神无知，作法又有何用？所以，我不会去做这种事的。"成帝认为她说得很好，赦免她，并赏赐黄金。

班婕妤知道自己仍身陷危境,于是自动请求居住长信宫奉养太后。她在长信宫做了一首《秋扇诗》,意谓自己犹如扇子,天气热时"出入君怀袖",秋天一到就"捐弃箧笥中",这就是成语"秋扇见捐"的典故。

赵飞燕当上了皇后,可是仍担心其他后宫女子争宠,于是引进自己的妹妹赵合德,姐妹俩联合占据了成帝的时间。

皇后的地位最终得由儿子来巩固,也就是要生个儿子,并立为太子。可是,赵飞燕一直没有怀孕,赵飞燕的危机意识促使她做出两个动作:一是陷害后宫有生儿子的姬妾,使得成帝"绝嗣",时人称之为"燕啄王孙";一是用牛车偷载年轻男子入宫"求子"。当然,这是无法长久保密的,汉成帝因为仍然宠爱赵合德,所以暂时没杀赵飞燕,只是疏远她而已。

有一天,皇帝与赵合德对饮,酒酣耳热,突然涌起戴绿头巾的怒火,赵合德离席下跪为老姐求情,愿代姐一死,边说边流泪,"梨花带雨,涕泪盈襟"。皇帝扶她起身,说:"你没有罪,可是你的姐姐,朕真想砍她的头,断她手足,方解心头之恨。"赵合德叩头不已,表示情愿先死,成帝不舍得她这样,就答应不杀赵飞燕。

酒喝完,赵合德急忙前往昭阳殿,对赵飞燕说:"姐姐还记得吗,小时候家里贫穷,我们靠编织草鞋到市场换米维生,有一天你换米回来,风雨交加,家中却没有柴火可以炊米,咱俩又饿又冷又睡不着,我抱着姐姐的背,两人哭了整晚。今天,咱们姐妹侥幸富贵了,已经处在最高位,为什么要自求毁灭?如果再犯错,再惹皇帝怒火,就肯定没救了。今天还有妹妹我能救你,万一妹妹死了,姐姐还能仰仗谁呢?"

姐妹两人相拥而泣,可是赵飞燕仍不承认自己有奸情,只说:"姐姐我有则改之,无则自勉。如今皇帝专宠妹妹一人,希望妹妹能力挺我,就像当日我引荐你一样。"

从那次以后,皇帝不再去昭阳殿,只临幸赵合德一人。有一次,赵合德正在沐浴,皇帝刚好驾到,就偷窥她洗澡,侍女通报,赵合德急忙熄灭烛火,不让皇帝看。可是汉成帝觉得偷窥很新奇刺激,下一次又去,禁止侍婢通报,看得"神思飞荡,若无所主",对近侍说:"可惜不能有两个皇后,如果可以,我马上立昭仪(赵合德的后宫官阶)为后。"

赵飞燕听说皇帝有此癖好,就准备妥当,请皇帝前往一观。皇帝躲在屏风后面偷窥,赵飞燕知道他的位置,摆出各种媚态,并且以水溅向皇帝——"偷窥"的乐趣顿时消失无踪,皇帝没等她"演完"就走了。

赵合德努力促成皇帝与姐姐复合,就借着为姐姐庆生的名义,请皇帝一同前往昭阳殿,酒至半酣,赵飞燕对皇帝说:"曾经有一次,妾弄污了皇帝的衣服,陛下说不要洗了,留为他日纪念。当时陛下在臣妾颈间留下了齿痕,好几天都不消退,往事如烟,想起来不禁泣下。"汉成帝听了,触动旧情,赵合德一看气氛对了,托辞离去,皇帝与赵飞燕当天晚上就在昭阳殿"重修旧好"。

这么一位纵欲过度的天子,最终"死得其所"。那一天,一切正常:楚王、梁王来朝,隔天就要返国,当晚下榻未央宫白虎殿。任命左将军孔光为丞相以及封侯的印信已经刻好,诏书也写好。直到黄昏时分,一切如常。隔天清晨,成帝起床,忽然手臂麻痹、无法言语,天亮不久就驾崩了。一时谣言四起,舆情哗然,矛头指向昭仪赵合德。

以上是正史的记载,民间还流传许多别的说法,大都认为汉成帝系因服用丹药过量致死。传说有一种"仙丹",必须先在烈火中烧炼一百天,接着在大缸中贮满水,将丹药置入,水立刻沸腾,再换新水,一直重复到水不沸了,然后人可以服用。每次一粒,功效如神。据说,那天晚上,成帝吞了十粒!宫女听到寝室内"笑声吃吃不止"。可是到了午夜,皇帝就陷入昏迷,直到清晨才稍醒。勉强下床,在穿裤子、袜子时,手忽然一松,裤子落在地上,人随即也栽倒,刹那间气绝身亡。

成帝驾崩,皇家血脉也由于"燕啄王孙"受到严重伤害,甚至可以说为后来王莽篡汉提供了充分条件,而老百姓的灾难则自王家班掌权开始。

【原典精华】

落魄江湖载酒行,楚腰纤细掌中轻。
十年一觉扬州梦,赢得青楼薄幸名。

——《唐诗三百首·杜牧·遣怀》

【原典精华】

考问[1]班倢伃,倢伃对曰:"妾闻'死生有命,富贵在天。'修正[2]尚未蒙福,为邪欲以何望?使鬼神有知,不受不臣之诉;如其无知,诉之何益?故不为也。"

——《资治通鉴·汉纪二十三》

①考:同"拷"
②修正:做好事。

一九 王家班

汉成帝刘骜即位之初,还颇思有所作为,第一道命令就是把元帝时弄权的宦官石显改派长信宫太仆,只管太后出入车马。

刘姓皇族中有一位优秀年轻人刘歆,成帝听说,特别召见他。刘歆在御前出口成章、诵读诗赋,皇帝听了很喜欢,当场就要任命他当中常侍,叫人取衣冠来。

左右侍臣说:"(这项任官令)还没告知大将军(王太后的哥哥王凤)喔。"

成帝说:"这件小事,不必告诉大将军。"

左右侍臣趴下叩头,力劝皇上不可。

成帝只好跟王凤说"我想要任命刘歆为中常侍",谁料,王凤认为不可,就没有发布命令。

中常侍是皇帝陪臣,不属外朝官员,确实不干丞相、大将军的事。由这个故事可见:一、刘骜左右布满了王凤的眼线;二、王凤头脑清楚,皇帝任命中常侍是小事,可是外甥有主见却是大事;三、舅舅不容外甥皇帝管政务。事实上,这最后一点正是王太后放纵成帝私生活的一个重要原因，于是刘骜就更加荒淫了。

糟糕的是，王凤还算王家班当中最稳重的一个。

王凤病了，病得很重，汉成帝刘骜亲自前往探视，握着王凤的手，流着泪说："万一将军发生难言之事（说不出口"死"字），我想让平阿侯王谭接替你的位置。"

王凤流着泪，在病榻上叩头，说："王谭那一批人，虽然是我的兄弟，可是他们行为不检，不能作人民的表率，不如御史大夫王音，作风谨慎，我愿以生命担保他可以担当大任。"

王谭，是王凤的四弟，而王音则是王凤的堂弟，并未封侯。王凤死后，成帝任命王音为大司马车骑将军，掌握政务大权。

大司马不是亲舅舅，成帝愈发放纵，经常私自出宫冶游，伴随者乘坐小车，或干脆大家一同骑马，大街小巷，甚至长安近郊游逛，参加斗鸡、赛马，对外自称是"富平侯家人"。

王音因为血缘不够亲，难以强力规劝，于是导演了一场"雉鸡秀"。在重大典礼"大射礼"时，忽然飞来一群雉鸡，顺着台陛，登上宫舍，昂然高鸣。之后又有雉鸡飞到太常（掌皇家祭祀）、宗正（管皇族事务）、丞相府、御史府、车骑府，最后飞到未央宫承明殿屋顶上。

王音为此上书："《尚书》记载，商朝的武丁（商高宗）祭祀成汤（开国祖先）时，有野雉飞到大鼎的耳柄上下蛋。

这本是一项不祥之兆，然因为武丁坚守正道，终转祸为福。如今雉鸡飞临，引起议论纷纷，这是上天示警，意在做出提醒，意义深切，应该特别小心。陛下有私游的毛病，千万不要忽视上天示警，要检讨改正，灾变才会消失。"

言者谆谆，可是听者藐藐，甚至有人向成帝"打小报告"，于是成帝派中常侍去问王音："听说那些飞到皇城来的雉鸡，很多都有羽毛折断的痕迹（被捕捉而折羽），莫非有人故意如此？"

当家的王音还算谨慎小心，其他五位太后的亲弟弟（王氏五侯）作风却愈来愈糜烂，更相互竞炫奢华，奇招百出。

成都侯王商有一次生病，为了避暑热，竟然向皇帝借用明光宫；更为了引进沣水到自家人工湖中，擅自凿穿长安城墙——为了个人享乐，前者破坏王室规矩，后者破坏国家安全。

成帝造访王商家，看见穿城引水，大为恼怒，但是当场没有发作。

之后，成帝私下出宫，造访曲阳侯王根宅邸，又看见庭园、楼台、假山，还模仿宫中白虎殿兴筑馆舍。这下子终于忍不住了，责问王音，要他查办。

王商、王根决定耍赖，自请行黥、劓之刑，向太后请罪。——两个弟弟面上刺字、割掉鼻子向姐姐请罪，这是什么意思？还不是拿太后来压皇帝。

成帝这下子更火大了，派使者责问司隶校尉、京兆尹，为什么明知五位侯爷"逾制"而不查报？两名官员左右为难，只好一齐到宫门外下跪叩首。

成帝下诏给王音："外戚为什么甘愿自请黥、劓，还要到太后面前羞辱我！既伤我母亲的心，又破坏国家制度！我已经被他们孤立太久了，现在我要展现魄力，你教他们都留在家里听候处分！"

王氏诸侯这才晓得闯了大祸，王音坐在草垫上（等候斩首行刑），王商、王立、王根背着斧头与砧板请罪。成帝就这样让几位舅舅跪了好久，才下令让他们起身。其实成帝就没想杀他们，只是给舅舅们下马威而已。

王家班成员都不行，于是王莽出线了。

太后王政君的二哥王曼早死，没来得及封侯，因此太后特别照顾王曼的儿子王莽。王凤生病时，王莽在病榻旁伺候，亲自尝药，连梳洗的时间都没有，衣不解带好几个月。王凤为此感动，临终请求太后与皇帝照顾王莽，于是王莽出仕，担任黄门郎，又升到射声校尉（守卫北长安的禁军八个指挥官之一）。

过了一段时间，王商上书，表示愿意分一部分食邑给王莽，而好几位士大夫也称誉王莽。于是成帝封王莽为新都侯，晋升为骑都尉、光禄大夫、侍中——王莽跻身权力核心。

升了官、加了爵，王莽却更谦恭有节。将自己的车、马、轿、衣裘都分给门下宾客。家中没有积蓄，俸禄、采金用于结交名士、将相、卿大夫。就这样，他的声望日渐高涨。

有一次王莽秘密买了一个婢女，被堂兄弟们知道了，王莽于是宣称："后将军朱博没有子嗣，我听说这名女子有'宜子'之相。"当天就将婢女送给朱博。

王莽就是靠这一套功夫，博得士大夫同声赞扬，然后在几位叔叔轮流执政之后，坐上了大司马的位子。四个月后，汉成帝刘骜驾崩。在此之前，由于"燕啄王孙"，成帝只得指定刚袭封定陶王的侄儿刘欣为皇太子，如今刘欣继位，是为汉哀帝。

【原典精华】

时大将军凤用事,上谦让无所颛[1],左右尝荐光禄大夫刘向少子歆通达有异材,上召见,歆诵读诗赋,甚悦之,欲以为中常侍;召[2]取衣冠,临当拜[3],左右皆曰:"未晓大将军。"上曰:"『此小事,何须关大将军!』左右叩头争之,上于是语凤,凤以为不可,乃止。

——《资治通鉴·汉纪二十二》

① 颛:通"专"。把持(权力)。
② 召:应为"诏"。
③ 拜:任命官员的礼遇用词。临当拜:正要下达拜官令时。

【原典精华】

王氏五侯争以奢侈相尚。成都侯商尝病,欲避暑,从上借明光宫。后又穿长安城,引内沣水,注第中大陂以行船。立羽盖,张周帷,櫂樟越歌。[1]

上幸商第,见穿城引水,意恨,内衔之,未言。后微行出,过曲阳侯第[2],又见园中土山、渐台,象白虎殿[3]。于是上怒,以让车骑将军音。

商、根兄弟欲自黥、劓以谢太后。上闻之,大怒,乃使尚书责问司隶校尉、京兆尹,知成都侯商等奢僭[4]不轨,藏匿奸猾,皆阿纵,不举奏正法;二人顿首省户下。又赐车骑将军音策书[5]曰:『外家何甘乐祸败!而欲自黥、劓,相戮辱于太后前,伤慈母之心,以危乱国家!外家宗族强,上一身浸弱日久,今将一施之,君其召诸侯,令待府舍!』

是日,诏尚书奏文帝诛将军薄昭

故事。车骑将军音藉稿[6]请罪，商、立、根皆负斧质[7]谢，良久乃已。上特欲恐之，实无意诛也。

——《资治通鉴·汉纪二十三》

①陂：音"bēi"池塘。
②衔：含，隐而不发。
③象：外形相似。
④僭：音"jiàn"，逾越法度。
⑤策书：汉朝皇帝命令中，最正式的一种。
⑥藉：置于……之上。稿：草垫。藉稿：坐在草垫上，谢罪待刑。
⑦斧质：铁锧，古时刑具。

王莽篡汉

语云:"今之愚也,诈而已矣。"若莽者,其诈也,愚而已矣。

——赵翼《二十二史札记》

二十 四太后并立

王莽坐上了大司马大将军的位子，可是位子没能坐稳，不久就下台了，原因之一是"太后"太多。

汉哀帝刘欣即位，原本的皇太后王政君现在成了太皇太后，而成帝的皇后赵飞燕则成了皇太后（由于她的太后身份，得免于清算，她的妹妹赵合德承担全部罪过）。可是哀帝刘欣有自己的亲生母亲与祖母，她们仍袭用定陶王后、王太后（母亲与祖母二人）的称号，且被王政君"规定"：每隔十天才能前往未央宫探视儿子、孙儿。

这当然不合人情，所以哀帝刘欣一再争取，却只能做到让祖母傅太后住进北宫（母亲丁姬仍不行），且不能拥有皇太后的特权。

一位投机官员，高昌侯董宏，想要利用这个题目博取皇帝欢心，就上书说："战国时，秦庄襄王（也就是吕不韦投资的'奇货'子楚）的母亲原本是夏氏，然因被华阳夫人认养为儿子，即位后两位'母亲'都称'太后'。建议称定陶王太后为帝太后。"

这摆明了是马屁,而且这马屁还不通——定陶王太后是哀帝的祖母傅太后,要称也该称"太帝太后",而母亲丁太后才是"帝太后"。

这份奏章发下交办,王家班人马当然要遏止这股"歪风",于是大司马王莽、左将军、关内侯等官员联名弹劾董宏:"明知皇太后是至高无上的称号,却在如今这个天下一统的年代,引亡国的秦为喻,企图误导我大汉帝国,这份奏章'大逆不道'!"董宏被废为庶人。可是傅太后为此光火,施压哀帝,哀帝只好向太皇太后请求,王政君乃降诏:追尊定陶共王(刘欣的老爹刘康)为"恭皇",于是傅太后乃成了"恭皇太后",丁姬乃成为"恭皇后"。

如此安排,只能一时无事。有一次哀帝在未央宫摆宴,内宫主管将傅太后的座位排在太皇太后旁边。大司马王莽做事前检查,看到如此安排,责备内宫主管,说:"封国国君之妻,岂可与至尊并坐!"下令撤去座位,另外安排位子。傅太后听说此事,大发雷霆,拒绝参加宴会。王莽发现他捅了一个马蜂窝,于是上表"乞骸骨",哀帝则批准王莽的辞呈。

王莽下台,丁太后的哥哥安阳侯丁明当上了大司马。同时将王家班的丞相孔光免职,任命朱博为丞相。

朱博上台,首要任务就是为傅太后上尊号,于是皇帝下诏:尊恭皇太后(傅太后)为太帝太后,恭皇后(丁太后)为帝太后。长安宫廷内,四位太后并立,每一位太后宫中都设立少府(管总务)、太仆(管车马),位阶都是中二千石

(高太守一级)。

花钱事小。傅太后得了尊号之后,态度更骄傲了,跟王政君说话时,甚至称她"妪"(老太婆)!

傅太后这边跟王太后"争风",那边又"吃醋",要报三十年前的一段旧恨。

汉元帝刘奭时代,王政君是皇后,傅太后当时是婕妤,后宫还另有一位冯婕妤。

有一次,元帝前往虎园,欣赏野兽搏斗,傅婕妤跟冯婕妤都在场。

突然,一只野熊破槛而出,前爪攀住栅栏,作势要往上爬。在场陪侍的亲贵、姬妾,包括傅婕妤在内,都惊慌逃命。只有冯婕妤,勇敢地站到了野熊前面,直到武士赶到现场,格杀那只野熊。

事后,元帝问冯婕妤:"你怎么敢这样?"

冯婕妤回答:"野兽凶性大发,恐怕伤到至尊。但野兽只要抓到一个人,就不会再攻击其他人,所以我愿意以身承当。"

从此,元帝对冯婕妤备加敬重,但傅婕妤却因羞惭,而对冯婕妤衔恨在心。

元帝崩逝后,王皇后因儿子当皇帝而成了太后,傅婕妤随着儿子去当定陶王太后,冯婕妤随着儿子去当中山王太后。

汉哀帝时,中山王传位到了冯太后的孙子刘箕子,他自幼患有眚病（中医称"肝厥"，病发时嘴唇与手指甲、脚趾甲都呈青色，症状近似今西医所称"先天性心脏病"），祖母冯太后亲自喂养照护，每天为他祭祀祷告。

汉哀帝关心这位堂弟，派中郎谒者张由带着御医前往中山国诊治。张由本人长年患"狂易"病（精神失常），到了中山国后，忽然病发，情绪失控，折回长安。

尚书用正式公文要张由说明他仓促折返的原因，张由怕获罪，就编了一个故事，说他发觉中山冯太后祝祷诅咒皇帝与傅太帝太后，才急忙回京奏报。

这个胡诌却勾起了傅太后的旧恨，于是借题发挥，派御史丁玄彻查本案，历时数十天，查无实据。再派中谒者令（宦官）史立取代丁玄，逮捕冯太后的妹妹冯习等家人，酷刑之下，拷死数十人。最后，史立与一位御医徐遂成达成交易，徐遂成作伪证：冯习贿赂他，趁给皇帝看病机会，毒死汉哀帝。一旦中山王立为皇帝，就封他为侯。

拿着徐遂成的口供，史立审问冯太后，冯太后当庭一一拆穿徐遂成口供中的破绽。

这时，史立说："当年野熊破槛上殿时，你何等英勇。如今怎么怕了呢？"

史立此话一出，冯太后顿时明白这是怎么回事。回到宫中，对左右说："这是禁宫里头的事，更是三十年前的事，一个官吏怎么会知道？根本就是借他的口，让我知道为什么啊！"于是服毒自杀。

任何冤狱，如果只看判决书，每个人都会认为铁证如山，罪有应得。徐遂成的口供绘声绘色，外人谁也不敢说没那回事。所谓"贼咬一口，入骨三分"，本案就是写照了。

而四太后并立的京城长安，可想而知的，必定政出多门，行政大乱，司法黑暗。可是汉哀帝刘欣却无心于此，他跟成帝刘骜的兴趣截然相反，他不爱女生。

【原典精华】

上置酒未央宫,内者令为傅太后张幄,坐于太皇太后坐旁。大司马莽按行[2],责内者令曰:『定陶太后,藩妾,何以得与至尊并!』撤去,更设坐。傅太后闻之,大怒,不肯会,重怨恚莽;莽复乞骸骨。

——《资治通鉴·汉纪二十五》

于是四太后各置少府、太仆,秩皆中二千石。傅太后既尊后,尤骄,与太皇太后语,至谓之『妪』。

——《资治通鉴·汉纪二十六》

① 内者令:宫廷内务官,主管衣物、帷帐等。
② 按行:最后检查(对宴会场地)。

【原典精华】

（史立）责问冯太后，无服辞[1]。立曰："熊之上殿何其勇，今何怯也？"太后还谓左右："此乃中[2]语，前世事，吏何用知之？欲陷我效[3]也！"乃饮药自杀。

——《资治通鉴·汉纪二十五》

[1] 无服辞：没有一句认罪的供词。
[2] 中：禁宫之中称"禁中"。
[3] 效：验证。那句话证明是（傅婕伃）要陷害我。

二一 断袖之癖

汉哀帝不爱女生，宠爱一名男生董贤，封他为驸马都尉、侍中。驸马都尉是骑马随行，侍中是宫中随侍，换句话说，董贤出入相随，皇帝的赏赐更不计其数。依照专制体制的规则，最接近皇帝（独裁者）的那个人，就是权力"一人之下"的那个人，于是董贤自然成为朝廷百官巴结的对象。

有一次，哀帝与董贤同床睡午觉。哀帝该起床了，董贤尚未醒。偏偏董贤的身子压到了哀帝的衣袖，若用力拉出衣袖，可能会弄醒他。哀帝不愿打扰董贤好睡，就用剪刀剪断了龙袍的袖子，轻手轻脚独自起床。这就是同性恋代词"断袖之癖"的典故。

汉哀帝专情于董贤，但董贤却并非单纯同性恋，他家里还有老婆。哀帝非但不介意，还下令董贤的妻子住进宫中，与董贤同住一处。董贤的妻子有个妹妹，哀帝又将她召入宫中，立为昭仪，后宫地位仅次于皇后，这个四角关系还真有点复杂。总之，董贤与老婆、小姨子每天从早到晚，包围了汉哀帝。

这种情形，西汉的儒家大夫见了，当然痛心疾首，可是又没有什么古例可以谏诤——西汉的儒家学者非常崇古，开口闭口"三代"。问题在于，之前的历史上，因宠爱姬妾而亡国的例子很多，却没有同性恋的！

尚书仆射郑崇看不过去了，上书直言谏诤（所谓直谏，就是没有引用经典上的故事，直指皇帝不可以喜好"男色"）。汉哀帝看了很火大，可是又不好直接说"我就是不爱女生爱男生，怎么样！"，只能在其他事情上找郑崇的茬。

尚书令（仆射的上司）赵昌揣摩上意，出面检举："郑崇与他的家属往来密切，怀疑有不可告人的勾当，请准予查办。"

哀帝抓住这个，责问郑崇："你自己家里热闹得跟市场一样，为什么要劝阻皇帝我交朋友？"

郑崇回答："我家中虽然人们出入频繁，可是我的心却平静如水（操守如水之清澈，问心无愧），我愿接受司法讯问。"

哀帝闻言大怒，将郑崇下狱，指示严加审问。

事实上，郑崇得罪的人可多了。傅太后、太后的弟弟傅商，再加上董贤（与老婆、小姨子），权力中枢全得罪光了，最后得罪了皇帝，还被顶头上司检举，所以几乎满朝噤声。郑崇最终死在狱中，唯一为他说话的司隶校尉孙宝，也被废为庶人。

汉哀帝在位期间最后做的一个重大政治制度变革，是确定"三公"的官名与职责：大司徒掌行政，大司马掌军事，大司空掌监察。但实质权力握在大司马手中,而哀帝任命他的同性恋人董贤为大司马。

五十天后,哀帝驾崩,董贤位居万人之上,却不知所措。和他一样茫然的,还包括丁、傅两家外戚。

【原典精华】

驸马都尉、侍中云阳董贤得幸于上,出则参乘,入御左右,赏赐累巨万,贵震朝廷。常与上卧起;尝昼寝,偏藉[1]上袖,上欲起,贤未觉,不欲动贤,乃断袖而起。又诏贤妻得通引籍殿中,止贤庐。又召贤女弟以为昭仪,位次皇后。昭仪及贤与妻旦夕上下,并侍左右。

……

上责崇曰:"君门如市人,何以欲禁切主上?"崇对曰:"臣门如市,臣心如水。愿得考覆[2]!"上怒,下崇狱。

——《资治通鉴·汉纪二十六》

---

① 偏:侧身。藉:卧其上。
② 考:拷问,审讯。

二二 王政君夺玺

太皇太后王政君可是见过大风大浪的,她经历三次皇帝驾崩(汉元帝、汉成帝、汉哀帝),晓得这个时候最重要的东西是传国玉玺。她在第一时间驾临未央宫,收取皇帝印信,用皇帝印信召唤大司马,董贤完全抓瞎,只会脱下官帽请罪!

王政君说:"新都侯王莽曾经以大司马身份办理过先帝(汉成帝刘骜)的丧事,他熟悉规章,又有经验,我想请他来帮你忙。"

董贤边叩头边说:"非常感谢。"

王太后立即派出使者,飞驰召来王莽。并(用皇帝印信)下令尚书将所有发兵用的符节,以及百官上奏的文书通通交给王莽,中黄门与期门兵(禁宫侍卫)也都由王莽统领。

军政大权到手后,王莽秉承太后旨意,指示尚书弹劾董贤,指他"在皇帝卧病时,不亲自侍奉汤药",禁止董贤进入皇宫。董贤甚至不晓得他已大祸临头,脱下帽子,赤着双脚,在宫外叩头谢罪。

隔天，王莽命尚书持太后诏书，向董贤宣读："董贤年纪太轻，少不更事，担任大司马不孚众望，就此收回大司马印信，免官回家。"

当天，董贤跟老婆一齐自杀（避免族诛）。家人惶恐，不敢张扬，趁夜将他们埋葬。王莽还怀疑董贤诈死，命主管单位开棺验明正身，遗体抬到监狱检视，证实是董贤无误，就埋在监狱中。

太皇太后再下诏，请三公与大夫一同推举大司马人选，当时朝廷已经多半是趋炎附势的货色，当然一致推举王莽（只有两个"不识相"的相互推举对方）。最后王政君"采纳众议"，任命王莽为大司马领尚书事，军政大权一把抓。

王莽当上大司马后，将太后赵飞燕贬为"孝成皇后"，傅太后改称"定陶共王母"，丁太后改称"丁姬"，傅、丁二姓外戚一律免职还乡——现在只剩一位"太后"了。

王政君与王莽商量决定，由中山王刘箕子（前文冯媖仔的孙子，今年九岁）入嗣大统，即位为汉平帝。王政君仍称太皇太后，临朝听政，政府施政、官员任命，全由王莽作主。

经过一次下台，王莽这下子复出，已经不再只是"为姑妈办事"，他有自己的盘算，我们通常称这种盘算为"不臣之心"。

【原典精华】

太皇太后闻帝崩,即日驾之未央宫,收取玺绶。太后召大司马贤,引见东箱,问以丧事调度。贤内忧,不能对,免冠谢。

太后曰:"新都侯莽,前以大司马奉送先帝大行[2],晓习故事[3],吾令莽佐君。"

贤顿首:"幸甚!"

太后遣使者驰召莽,诏尚书,诸发兵符节、百官奏事、中黄门、期门兵皆属莽。

莽以太后指,使尚书劾贤,帝病不亲医药,禁止贤不得入宫殿司中;贤不知所为,诣阙免冠徒跣谢[4]。

己未,莽使谒者以太后诏即阙下册贤曰:"贤年少,未更事理,为大司马,不合众心,其收大司马印绶,罢归第!"

即日,贤与妻皆自杀;家惶恐,夜葬。莽疑其诈死;有司奏请发贤棺,至狱诊视,因埋狱中。

——《资治通鉴·汉纪二十七》

①箱：厢，借用字。引见东箱：在皇宫东厢接见。
②大行：皇帝去到另一个世界称"大行"。
③晓习故事：通晓规矩，熟悉旧例。
④跣：音"xiǎn"，光脚。
⑤发：开启。发棺：开棺验尸。

二三 山寨周公

王莽打从重掌大权的第一刻,就设定了目标:取代刘姓为帝,也就是篡汉。

在此之前,几乎只有武力转移政权的先例,如商汤、周武,乃至秦始皇、汉高祖。王莽没有武力革命的条件,所以他精心设计了一系列和平转移政权的套路,他利用了儒家称颂的尧舜禅让政治神话,决定复制相同情境。但是他没有舜、禹的功劳,因此他先复制"周公"。

汉平帝刘箕子即位元年,刚好是公元元年(也就是耶稣诞生之年),王莽就导演了一幕"白雉秀"。王莽暗中授意益州郡官员,教唆边疆少数民族自称"越裳王国",必须经过两层以上的翻译,才能沟通。他们向汉帝国进献一对白雉鸡、一对黑雉鸡。

王莽报告太皇太后王政君,王政君下诏(其实是王莽拟好的诏书):"用白雉祭祀皇家宗庙。"

接下去,群臣开始马屁大赛,纷纷进言:"这跟周公辅佐成王时的祥瑞相同。所以应该封王莽为安汉公,并增加他的采邑。"——汉帝国最早只有功臣可以封侯，后来外戚无功也可以封侯，但仅止于侯爵，王莽如今要"升等"为公爵，超越所有包括刘姓的侯爵。

王太后下令尚书作业，王莽却四度上书恳辞，还称病不起。左右劝太后："不用勉强王莽，且依他之前上书恳辞的建议，封四辅（王莽的班子孔光等四人）为侯就好了。"

可是，太后封了四人，王莽仍然称病，于是马屁集团又纷上奏章："王莽虽然谦让，可是国家该表扬的，还是应该表扬，不能让文武百官与天下人失望。"

于是太皇太后再下诏："封王莽为太傅，为四辅的首脑，晋封安汉公，加封采邑二万八千户。"

王莽仍佯作惶恐，"勉强"起身就职，接受太傅职务及安汉公称号，可是他坚持不增加采邑，表示："希望在百姓家家衣食丰足之后，再接受封赏。"

王太后于是下令：不增加采邑，但俸禄加倍。王莽仍然恳辞，并上书建议加封刘姓宗室。王太后则从善如流，一口气封了几十位王侯，外加高级公务员可以领三分之一俸禄的退休终身俸，以及实施照顾鳏寡等社会福利政策。简单说，因为王莽，福泽遍及全民，这下子，他的声望更高了。

最先警觉王莽有野心的是大司空彭宣，但是他不敢有动作，只消极上书王太后请辞："三公辅佐皇帝，好比鼎有三足，任何一足能力不够，就会让整锅美食翻覆。我老了，脑筋不行了，自请交出大司空与长平侯的印信，请让我回家乡养老，安享天年。"

用"鼎"来打比方,是有所影射的,因为自古"鼎"就是君权的象征。而且彭宣的逻辑有漏洞:鼎有三足,一足不任可以造成翻覆,一足太长(王莽权力超大)还不是一样会"覆鼎"?彭宣以退为进,说得婉转,也因此未招杀身之祸。王太后批准彭宣辞去大司空职,保留爵位,回到长平县采邑,安享余年。

比彭宣莽撞的是申屠刚,他上书太后:"皇帝年纪还小,应该派出使者,迎接中山王太后到长安,住在别宫,让皇帝能不时见到生母。同时召冯、卫等家外戚入京襄助,以巩固领导中心。"

申屠刚的奏章上去,太皇太后立即下诏:"申屠刚所说,背离大道,诚属邪说妄言。"罚他免职回家。

再下一位,是之前帮郑崇说话的孙宝。由于他之前对抗董贤,王莽上台后,请他复出担任大司农(九卿之一)。

有一次,越巂(今四川省境内)的长江上游出现黄龙游泳。太师孔光、大司徒马宫都借此祥瑞表示"安汉公的功德上比周公,应禀告皇家宗庙"。

孙宝听不下这等马屁,说话了:"从前,周公是伟大的圣人,而同时间的召公也是伟大的贤人,两人辅佐周成王,尚且还有意见不合的时候,都记载在经典中,但也无损于两位圣贤的人格。如今,天下仍称不上风调雨顺,老百姓还未能家家足衣足食。可是朝廷中每有大小事,群臣却只有一种声音（称颂王莽），恐怕我们赞美了不该赞美的。"

此话一出，满朝大臣尽皆失色。王莽班子之一的光禄勋甄邯立刻宣布：奉太后旨，停止讨论。然后司法系统开始行动：弹劾孙宝对父母不孝。孙宝说："我已经七十岁了，糊涂昏聩，疏于奉养母亲，愿接受处罚。"——完全不答辩。于是免职回家，后来死在家中。

就这样，王莽一面模仿周公故事，一面铲除异己，攫取权力。

【原典精华】

扶风功曹申屠刚以直言对策曰:"……宜亟遣使者征中山太后,置之别宫,令时朝见,又召冯、卫二族,裁与冗职[1],使得执戟亲奉宿卫,以抑患祸之端。上安社稷,下全保傅。"莽令太后下诏曰:"刚所言僻经妄说[2],违背大义!"

……

越嶲郡上黄龙游江中。太师光、大司徒宫等咸称"莽功德比周公,宜告祠宗庙。"大司农孙宝曰:"周公上圣,召公大贤,尚犹有不相说,著于经典,两不相损。今风雨未时[3],百姓不足,每有一事,群臣同声,得无非其美者?"时大臣皆失色。

——《资治通鉴·汉纪二十七》

①裁与冗职:酌情赐予闲散的官职。
②僻经妄说:离经叛道的胡言乱语。
③风雨未时:刮风下雨的时间不合适,不利农耕,与风调雨顺正相反。

二四 王莽嫁女儿

截至目前，王莽的权力都来自太皇太后王政君。可是王太后已经七十多岁，以古时候的平均寿命而言，已经非常高寿。万一哪天太皇太后乘鹤西归，王莽的权力将顿时落空。

于是，王莽要为自己买一个"保险"：让自己成为皇帝的岳父，也就是将女儿嫁给皇帝，当上皇后。万一王政君过世，他仍然是皇后的父亲，仍然可以名正言顺掌握大权，因为外戚掌权已经成为理所当然。

于是他上奏："皇帝即位三年，皇后还没确定（其实汉平帝才十一岁）。多少年来，国家最大的危机，就在于皇帝无子。"

太皇太后将奏章交付有关单位办理，有关单位当然非常识相，太后娘家的王姓家族只要有适婚女儿，一律列入选后名单。

可是，王莽突然发现，他的女儿并不是百分之百能被选中，于是改变策略，上书说："我的德行不佳，女儿也没有才德，不宜与众女子并列选拔。"

或许王太后真的老糊涂了，以为王莽是真心诚意的，乃下诏："王家的女儿，是我的娘家，不列入考虑。"

这下子又尴尬了，于是马屁集团发动人海战术，平民、儒生、中下级官吏，每天都有上千人到皇宫外请愿。而大臣则在宫内、朝廷发言表态："安汉公的勋业如此崇隆，立皇后岂可排除他的女儿？我们一致希望他的女儿能立为皇后！"

王莽又拿出他的"谦让"做派，派出官员劝阻大臣们及儒生们，然而大家都已经了解这一套的意思，因此上书的人更多了。

王太后批准了大夫们的建议，派人去"考察"王莽的女儿是否合格当皇后——结果不必说。

主管机关奏报："依例，皇帝娶皇后的聘礼是黄金二万斤，合二万万钱。"王莽再次出演"泽被大众"：只接受六千三百万钱，并且拨出四千三百万钱给获选偏宫的十家，其他分给王姓家族的贫苦亲属。

王莽风光地嫁了女儿，可是却逼死了儿子。

王莽的儿子王宇认为，小皇帝终有长大的一天，一旦那一天到来，报复手段将非常严酷。于是王宇开始私下与卫氏外戚来往，并教卫姬（平帝的生母）上书谢恩，保证不会效法丁、傅两家（哀帝的母亲、祖母）作风，可是这一招只得到增加采邑的赏赐。卫姬思念儿子，日夜哭泣。王宇教她再次上书，请求来京探视儿子，仍被拒绝。

王宇跟他的老师吴章，还有大舅子吕宽，想出了一个笨方法：吴章认为，王莽不爱听谏，却爱听鬼神之事，可以用怪异之事让他惊恐，然后再趁势请他将政权转移卫氏家族。

计议既定，王宇教吕宽拿一罐鲜血，趁夜泼洒到王莽宅邸大门，不料却被守门吏发觉。于是奸计败露，王莽将王宇逮捕送进监狱，王宇在狱中服毒自杀。王宇的妻子吕焉当时怀有身孕，在监狱中生产后被处决。

右将军甄邯将此事报告太皇太后，王太后降诏王莽："你居于周公的位置，辅佐周成王一样的幼主，并且施展周公诛杀管、蔡的手段，大义灭亲，不因为亲情而伤害国君，特此嘉勉。"

这一出戏堪称经典：逼死儿子都可以扯上周公！

【原典精华】

莽欲以女配帝为皇后以固其权，……事下有司，上众女名，王氏女多在选中者，莽恐其与己女争，即上言："身无德，子材[1]下，不宜与众女并采。"

太后以为至诚，乃下诏曰："王氏女，朕之外家，其勿采。"

庶民、诸生、郎吏以上守阙上书者日千余人，公卿大夫或诣廷中，或伏省户下，咸言："安汉公盛勋堂堂若此，今当立后，独奈何废公女，天下安所归命！愿得公女为天下母！"

莽遣长史以下分部晓止公卿及诸生，而上书者愈甚。

——《资治通鉴·汉纪二十七》

---

①子：指的是女儿。

二五 九锡与造神

王莽的爵位已经是"公",凌驾所有"侯"之上了,可是公爵的地位还在诸王之下。高祖刘邦的遗训"非刘不王"依然牢不可破,王莽不姓刘,当然不能封王,只能另辟蹊径。

首先,由太保王舜等率领官员人民等八千余人联名上书,请求:"尊王莽为'宰衡',位在三公之上。"这个"宰衡"是个新发明,但有古例为本:商朝的伊尹称"阿衡",周朝的姬旦(周公)称"冢宰",前者曾放逐天子暂时摄政,后者曾辅佐幼主并摄政,所以两个称号都象征"摄政王"的位阶。如今合并两位古圣人的尊称,以示王莽的地位和他俩加起来一样。

然后,文武百官再联名上奏:"从前,周公摄政七年,国家的制度才厘定妥当,而今,安汉公辅政只不过四年,实际负责更只有两年,却已大都完成。所以,应该将'宰衡'的地位提高到诸侯的'王'之上。"

太皇太后下诏"可",同时下令研究"九锡"之法。

古字"锡"通"赐",所谓九锡,就是赐给某人九种代表身份的象征物，一般是：一、赐车马；二、赐衣服；三、赐乐则（专属的音乐）；四、赐朱户（大门用朱红色）；五、赐纳陛（府邸正厅前台阶得设斜坡）；六、赐虎贲百人（外出时的排场）；七、赐弓矢（得不待诏命征伐）；八、赐铁钺（得不待诏命诛杀）；九、赐秬鬯（鬯 chàng，祭祀用的美酒，用郁金草酿黑黍而成）。

东西没啥出奇，但却是天子专用的排场，封国君王也只有特殊恩赐才准用一两项，如今却全套赐给一个外姓臣子——自此之后，史书上只要一出现"加九锡"，就是权臣要篡位、新王朝要登场了。

太皇太后王政君批准赐给王莽的九锡，与前述九锡大不相同：彩祓（彩色的蔽膝）、衮冕（龙袍王冠）、衣裳、玚琫（佩刀柄上的装饰白金）、玚珌（佩刀鞘上的装饰璧玉）、句履（尖端上翘的鞋子）、鸾路（车上的鸾凤装饰）、乘马、龙旂九旒（有九条流苏的龙旗）。

除了这九项，还有皮弁（盔帽）、素积（战袍）、戎路（战车）、乘车、彤弓矢（红色的弓）、卢弓箭（黑色的箭）、左建朱钺（赤色大斧）、右建金戚（金色大斧）、甲胄一副、秬两坛、圭瓒（玉酒壶）两个、九命青玉珪（青玉制的最高官位信物）两个，以及传统九锡中的朱户、纳陛，虎贲卫士则有三百人（传统的三倍）。

这些玩意儿，之前都是天子才准用的仪仗排场，如今王莽都有了。然而对王莽而言，看起来像皇帝是不能满足他的，他志在"移鼎",则必须有"天命"。天命是上天给的,于是他开始"造神"。王莽为了篡位的种种"设计",确实称得上创意十足,要知道,那可是二千年前喔。

王莽派中郎将平宪等为使节,携带大量金银财宝,到塞外收买羌族,要他们主动表示"愿意献出土地,归属中国"。但事实上,汉朝并没有派官吏前往,西羌部族也并没有真的献出土地,平宪等人只是离开关中地区,带回来一些地图,然后看图说故事。

此行的最大任务,是平宪等回朝复命时的奏报:西羌诸部(人口约一万二千人)首领良愿等,自愿呈献土地,并为汉朝藩属,永为汉朝的西方屏障。而重点更在于以下对话:

平宪问良愿:"你们这么做的用意何在?"

良愿说:"太皇太后至为圣明,安汉公至为仁爱。天下太平,五谷丰登,有些麦子长达一丈有余,有的一根麦秆上能结出三个麦穗,甚至不下种却自己生出作物,没有蚕吐丝也能成茧。甘露从天上降下,甘泉自地下涌出;凤凰飞到长安朝拜,神雀也云集长安城。最近四年(王莽辅政四年),羌人全无疾苦,所以自愿归属。"

当然这些都是编出来的,即使羌中(青海东部)四年真的安和乐利,也肯定不是因为"太皇太后圣明,安汉公至仁"。

外夷来朝还不够,还得海内人民歌颂。王莽派王恽等人,到全国各地考察民风。任务圆满达成,回京复命,奏称"天下风俗美好"。他们还假造各方的民歌、童谣，都是歌颂王莽的功德，共三万多字。

打从《诗经》以来，中国人民就以诗歌抒发情感，评论时政，有讴歌贤君良臣的，也有讽刺昏君佞臣的。王莽以恢复三代道统为号召，所以搞出这一套。

既然海内升平，理所当然就没有盗贼，于是司法机关没有诉讼，监狱里没有囚犯，所谓"野无饥民，道不拾遗"，是儒家"以教化行政"的最高境界。为此王莽下令废除所有刑罚，万一有人犯法，则仅施予"象刑"。

所谓"象刑"，是儒家学者造出来的一个神话。尧舜时只施象刑，教重罪犯人穿土黄色无缝边的衣服，中等犯人穿草鞋，最轻者用黑布包头，另外还有几种不同版本。重点在于，那是一种象征性的处罚，表示教化成功，人都有羞耻心，不会犯罪。

"象刑"又有一层意义：王莽想将自己的形象导向"尧舜"，也就是为"禅让"铺路。

唯一的问题是，皇帝已经十四岁，年纪不小了，他想要亲政，不可能陪王莽演"禅让"大戏。

【原典精华】

乃遣中郎将平宪等多持金币诱塞外羌，使献地愿内属。

……

（良愿）对曰：『太皇太后圣明，安汉公至仁，天下太平，五谷成熟，或禾长丈余，或一粟三米[1]，或不种自生，或茧不蚕自成；甘露从天下，醴泉[2]自地出；凤皇来仪，神爵[3]降集。从四岁以来，羌人无所疾苦，故思乐内属。』

……

王恽等八人使行风俗还，言天下风俗齐同，诈为郡国造歌谣、颂功德，凡三万言。

——《资治通鉴·汉纪二十八》

---

①粟：古时候对谷类的通称，北方当指麦类。三米：一枝麦秆生三枝麦穗。
②醴：音"lǐ"，醴泉：甘泉。
③爵：通"雀"。

151

二六 假皇帝

小皇帝刘箕子为了生母卫姬不能来京,还有舅舅被杀,一直对王莽衔恨。而儒家大臣请求归政的声音,虽然王莽用恐怖手段镇压,仍然前仆后继。王莽知道,这个问题必须做一次彻底解决。

汉平帝登基第五年的冬天,皇帝主持腊祭,王莽向皇帝献上椒酒,在酒中下毒,小皇帝毒发,在床上辗转呼号。王莽即刻撰写祝祷文,向上天祈求,愿用自己生命,代替皇帝一死。祈祷后,将祷文锁入金匮,放在金銮前殿,下令官员不许泄露。

王莽此番行事十分蹊跷:这是套用古时候周公的故事,问题在于,王莽的第一反应居然是写祷文,而非召太医、问病情、事汤药(当初他对王凤可是紧守病榻亲侍汤药)。所以,虽然《汉书》没记载"王莽鸩杀皇帝",后世还是多认为是王莽干的。而汉平帝刘箕子虽不是第一个被弑的国君,却很可能是第一个被毒杀的国君。

无论如何,皇帝死了,国不可以一日无君,该立哪一个？仍然立刘姓子孙吗？

就在这时,"异象"又出现了。一位大长安区域的地方官员奏称,水井里挖出一块白石头,上圆下方(象征天圆地方,暗示是"天命"),上面有朱红字"告安汉公莽为皇帝"——这是史书记载"符命"(一种预言下任帝王的神秘天书)的开始,王莽利用的是"儒家管地上,阴阳家管天上与地下"。

王莽指示三公向太皇太后奏报此事,王政君晓得王莽要干什么,说:"这是欺骗天下人的手段,不可以施行!"

太保王舜对太后说:"事已如此,已经没人有能力阻挡王莽了。况且王莽也没要求太多,只想要一个摄政的名义而已。"

时势比人强,王政君没办法,只好下诏由王莽摄政。于是群臣联名奏报:"我们请求,安汉公坐皇帝宝座,戴皇帝冠冕,穿皇帝衣服,坐北向南接受群臣朝拜,官员及平民都自称'臣''妾',一切如天子制度。祭祀天地的典礼中,司仪称'假皇帝',臣民称'摄皇帝',安汉公自称'予'(不称'朕'),发布命令用'制'(不用'诏')。朝见太皇太后与帝、后时,仍称'臣'。"

摄政,仍是周公模式。而为了演"周公佐成王"更加逼真,王莽挑了一个两岁的小皇帝——宣帝的玄孙刘婴,称号"孺子"(史称"孺子婴"),由王莽抱在怀里听政。当初以"周公佐成王图"交代霍光的汉武帝,若地下有知,不晓得作何感想?

【原典精华】

前辉光谢嚣奏武功长孟通浚井得白石，上圆下方，有丹书著石，文曰："告安汉公莽为皇帝。"符命之起，自此始矣。

莽使群公以白太后，太后曰："此诬罔天下，不可施行！"太保舜谓太后曰："事已如此，无可奈何。沮之，力不能止。又莽非敢有它，但欲称摄以重其权，镇服天下耳。"太后心不以为可，然力不能制，乃听许。

——《资治通鉴·汉纪二十八》

(二七) 反扑无力

王莽给刘婴的称号"孺子",也有来历。周公辅佐成王时,管叔、蔡叔放谣言,说周公将对"孺子"不利。但后来事实证明,周公忠心耿耿,绝无二心。王莽给刘婴这个称号,再次给自己贴了"周公"的标签。

虽然王莽一再标榜"周公",可是只要眼睛没瞎的,都已经看出,王莽不可能是周公。最简单的思考,周公姓姬,但王莽不姓刘!

刘姓皇族中终于出了一个不怕死的,就是安众侯刘崇,他与自己的封国相张绍密谋:"王莽一定会危害刘氏皇族,天下诸侯都不认同他,可是没有人敢先动手,这是身为皇族的耻辱。我当代表皇族率先讨伐王莽,各路诸侯都会响应。"

张绍表示支持,于是募集数百人,进攻宛城,攻不下来,败退回安众。

这两个人造反,却吓到了身在长安的亲族,因为造反是要诛全族的。因此,张绍的堂弟张竦与刘崇的远房表叔刘嘉,一同到未央宫前自首待罪。王莽赦他俩的罪,张竦乃代刘嘉上奏，歌颂王莽，声讨刘崇，奏章中写道："我愿作为皇族表率，父子兄弟背着竹筐、拿着圆锹，驰赴南阳，将刘崇的宫室夷平并灌污水。拆毁他的宗庙，将宗庙里的祭器分送各诸侯，永为鉴戒。"

王莽见到奏章，大喜，封刘嘉与他的七个儿子为侯。后来晓得是张竦执笔，再封张竦为侯。长安人民做歌谣讽刺此事："想封侯，找张伯松（张竦字伯松）；拼了命战斗，不如会写奏（章）。"

刘姓皇族既没骨气又没力量，下一个造反的是地方官。东郡太守翟义与他外甥陈丰密谋："我身为丞相的儿子（翟义的父亲翟方进汉成帝时担任丞相前后达十年），又是一个大郡的太守，父子同受朝廷恩典，有责任为国讨伐逆贼，安定社稷。所以，我决定动员军队，向西进攻，诛杀所谓假皇帝，另行拥戴刘姓皇族为真皇帝。即令大事不能成功，身虽死而声名立，对得起先帝。你敢不敢加入行动?"陈丰那年才十八岁，年轻气盛，一口承诺。

翟义于是拥戴严乡侯刘信为皇帝，刘信的儿子刘匡封东平王，所以东平国的军队也一同举事。传檄天下："王莽鸩杀孝平皇帝，自称假皇帝，想要篡位。如今天子已经即位，全国诸侯应当共同代天行罚。"大军抵达山阳时，已有十余万人。

王莽得报，惊惶失措连饭都吃不下。发动所有的党羽、近亲，组成七个兵团向叛军进攻。太皇太后王政君对左右侍臣说:"人同此心,心同此理。我虽是个女人,也知道王莽会吓得半死。"

近畿(三辅)地区听到消息,一下子有二十三个县爆发民变,两名领袖赵朋、霍鸿自称"将军",拥兵十余万人,向长安进军。一路烧杀劫掠,连未央宫都看得见火光。王莽再派留在中央的最亲信官员领军镇守要地。

王莽自己每天抱着孺子婴到城郊宗庙祈祷,朝会时仍以周公自况:"从前成王年幼,周公摄政,也有管叔、蔡叔叛变。古圣人尚且有此忧惧,何况我如此渺小!"马屁集团则众口一辞:"不经过如此一场大变局,不能彰显你的圣德!"

最后,两路叛军都不堪一击,乱事先后平定。王莽下令挖开翟方进的坟墓,更包括他们祖先的坟墓,将棺材全数焚毁。屠翟姓三族,连幼儿都不能幸免,男女老少所有尸体堆进一个大坑,用荆棘跟五毒(蝎子、蜈蚣、蛇、马蜂、蟾蜍)掺杂,一齐埋葬。追缉余党的行动持续不停,"余党"之一王孙庆在逃亡七年后被捕获,王莽下令御医与刀工好的厨师一同下手,将王孙庆开膛破肚,挖出五脏,研究它们的构造和位置,还用竹签插入血管,探求经络终始……

平定叛军,并残忍报复之后,王莽对自己的信心陡然提高,决定对汉室施予最后一击。

【原典精华】

绍从弟竦与崇族父嘉诣阙自归[1]；莽赦弗罪。竦因为嘉作奏，称莽德美，罪状刘崇：「愿为宗室倡始，父子兄弟负笼荷锸[2]，驰之南阳，猪崇宫室[3]，令如古制；及崇社宜如亳社[4]，以赐诸侯，用永监戒[5]！」

于是莽大说，封嘉为率礼侯，嘉子七人皆赐爵关内侯；后又封竦为淑德侯。长安为之语曰：「欲求封，过张伯松。力战斗，不如巧为奏。」

——《资治通鉴·汉纪二十八》

①归：自首，认罪。

②锸：音"chā"，以手起土的工具，类似圆锹。

③猪：同"潴"，水积存处。依据《礼记》，犯叛国罪者被诛杀后，将他的住宅夷平，做为污水塘。

④亳社：亳，音"bó"。商朝定都"亳"，亳社就是商朝祖庙。

⑤监：鉴。

二八 篡汉立新

王莽起初是暗中派人，远自边疆少数民族开始，制造神迹、祥瑞，后来马屁集团也开始制造祥瑞。久而久之，王莽被这些玩意儿冲昏了脑袋，不但自己相信，还会凭着自己的想象力，加以渲染。

齐郡（山东省淄博市）冒出一口新井、巴郡（重庆市）发现一头石牛，扶风、雍城（陕西省凤翔县）发现仙石。王莽下令将石牛与仙石运到长安，可惜井不能搬移。

王莽向太皇太后奏报时，自己添加了很多料："广饶侯刘京上书说：'七月间，齐郡临淄县有位亭长，某天夜里连续在梦中听见一个声音："我，是天公派来的使节，天公要我告诉你，摄皇帝应当成为真皇帝，如果你不信，你的驿站中将会冒出一口新井。"隔天早晨，亭长巡视驿站，果然地上冒出一口新井，且深达百尺。'十一月冬至那一天，巴郡发现石牛；六天后，雍城又发现仙石。我下令将它们送来长安，放在未央宫前殿。我跟安阳侯王舜一同检视，忽然刮起怪风，尘土飞扬，天昏地暗，风停以后，石头前面出现一块铜牌，上面有文字画，写的是'天帝符信，呈献者应封侯'。臣王莽不敢接受如此天赐（真皇帝），只请求在祭祀与奏报太皇太后时，称'假皇帝'，号令天下时，就不再称'摄'。因此，今年的年号应由'居摄三年'，改为'始初元年'。"

自称"假皇帝"与"称制不称摄"，其实之前已经实施，可是改年号，意义却大不一样。马屁集团揣摩王莽的意思，纷纷上书，提出各种理论与方法，希望帮王莽"解套"——拿掉那个"摄、假"的外套。

马屁冠军由一位名叫哀章的士人赢得：他制作了一个铜柜（金匮），里面放了两张信笺，一张画着"天帝行玺金匮图"，另一张写"赤帝行玺某传予黄帝金策书"。赤帝就是刘邦（当年斩蛇起义，有"赤帝子杀白帝子"神话），"某"是避高祖的名讳（不能称"邦"）。信上明言：王莽应即位为真天子，太皇太后应遵守天命。图上更画了王莽跟他的亲信八人，还有另外两人跟哀章自己共十一人，都加上了官爵头衔。

金匮制作完成，哀章将它送到高庙（汉高祖刘邦的祭庙），交给高庙仆射（祭庙主管），仆射上奏此事，王莽亲自到高庙向金匮叩拜，然后戴上王冠进谒太后。回到未央宫，登上前殿，发布文告："今天开始，奉天帝与高帝之命继承大统，并改国号为'新'，明年的年号定为'始建国元年'。"

西汉帝国就此结束，可是，"新朝"拥有天命是王莽自己说的，长安城内没人敢违抗，新朝的政令如何可以行于天下呢？还得解决一个技术问题。

【原典精华】

广饶侯刘京上书言：七月中，齐郡临淄县昌兴亭长辛当一暮数梦，曰："吾，天公使也。天公使我告亭长：'摄皇帝当为真。'即不信我，此亭中当有新井。"亭长晨起视亭中，诚有新井，入地且百尺。

十一月，壬子，直建冬至，巴郡石牛，戊午，雍石文，皆到于未央宫之前殿。臣与太保安阳侯舜等视，天风起，尘冥[1]，风止，得铜符帛图于石前，文曰："天告帝符，献者封侯。"

——《资治通鉴·汉纪二十八》

---

[1] 冥：昏暗。尘冥：尘土飞扬，遮得太阳无光。

二九 崩角的玉玺

王莽从假皇帝变成真皇帝毫无阻碍，可是，真皇帝还得能号令天下，才是"真"的。在制度已完备的汉帝国，诏书得盖上玉玺才有效，才能号令天下。

汉朝皇帝的玉玺仍然是当初秦王嬴子婴向刘邦投降时献出的那一颗，相传是和氏璧雕刻而成的"皇帝之玺"。汉哀帝去世时，太皇太后王政君冲进未央宫收取了玉玺，就一直留在她居住的长乐宫中。王莽即位之前，向王政君索取玉玺，王政君拒绝。王莽即位后，乃派了王政君平素最喜欢的安阳侯王舜去做说服工作。

王政君晓得王舜的来意，破口大骂："你们这些人，全家族都是承了汉家的恩典，累积了几代的富贵，不但不想到报答，反而不顾恩义，利用人家托孤的机会，窃夺政权。这种人，死了连狗跟猪都不愿吃他的尸体，天底下怎么会有你们兄弟这种东西！"——老太太似乎忘了，她骂的正是王家外戚，全都是她的侄儿、侄孙，而且全都是凭借她，姓王的才得享尽富贵，她此时却认为自己是唯一守护刘姓皇室的人。

她喘口气继续骂:"王莽既然认为金匮符命可以让他当新朝皇帝,改正朔(历法)、改服制,就该自己刻个玉玺传之万世,非要这个亡国的不祥之物干什么!我是汉家的一个老寡妇,随时可以死,死了还打算拿这颗玉玺陪葬,你们就甭想了!"王政君说得一把眼泪一把鼻涕,左右侍从都跟着落泪。王舜也没招,只能跪着陪姑妈落泪,还悲恸不能自止。

长乐宫中大伙儿哭了好久,都哭累了,王舜这才抬起头,对王政君说:"我已经没话可说,然而王莽他是非要得到传国玉玺不可的,太后难道有办法一直不给吗?"

王莽一定知道,王舜就是有这么一套让王政君软化的功夫,才派他去当说客。此刻王政君已经明白,事情不可能改变,若王舜无功而返,下一步将是以武力强索。于是取出传国玉玺,扔到地上,对王舜说:"我老了,就快死了,看不到你们兄弟全族被屠灭了!"

王舜带着玉玺去向王莽复命,玉玺砸崩了一个角,王莽派人用黄金将它修补完整。于是,新朝有了盖上玉玺的诏书,可以发布政令,而王莽也着实推出了很多改革政策。

【原典精华】

及莽即位,请玺,太后不肯授莽。莽使安阳侯舜谕指。舜素谨敕,太后雅[1]爱信之。舜既见太后,太后知其为莽求玺,怒骂之曰:"而[2]属父子宗族,蒙汉家力,富贵累世,既无以报,受人孤寄,乘便利时夺取其国,不复顾恩义。人如此者,狗猪不食其余[3],天下岂有而兄弟邪!且若自以金匮符命为新皇帝,变更正朔、服制,亦当自更作[4]玺,传之万世,何用此亡国不祥玺为,而欲求之!我汉家老寡妇,旦暮且死,欲与此玺俱葬,终不可得!"太后因涕泣而言,旁侧长御以下皆垂涕。

舜亦悲不能自止,良久,乃仰谓太后:"臣等已无可言者,莽必欲得传国玺,太后宁能终不与邪!"

太后闻舜语切,恐莽欲胁之,乃出汉传国玺投之地,以授舜曰:"我老已死,知而兄弟今族灭也!"

——《资治通鉴·汉纪二十八》

① 雅:素来。
② 而:同"尔"。而属:你们这一伙。
③ 余:此处做"死后的剩余"解,也就是尸体。
④ 更:用法如"变更"的更。

三十 新朝行古制

历史上改朝换代的第一件事情就是改"正朔",也就是颁布新历。王莽登基之后,首先宣布废除汉的历法,回到秦的历法。然后在新历的元旦当天,率领文武百官,向太皇太后王政君呈献玉玺。费了好大工夫才抢到手的玉玺,这下却又献了回去,只为演出一幕"禅让天下":由身不由己的太皇太后宣布,遵从"符命"(当时流行的天命预言书),从此除去汉朝国号。

接着演出"猫哭耗子":新朝皇帝王莽诏封孺子婴"定安公",采邑六个县、一万户、土地一百平方里,封国内建立历代祖先祭庙,准用故汉朝历法。然后,王莽握着孺子婴的小手(五岁),流涕歔欷,说:"从前周公摄政,最终将王位归还幼主;我却受迫于天命,不能如愿!"哀叹良久。再由中傅牵着孺子婴的小手,走下金殿,向北叩头,称"臣"——在场观礼的文武百官莫不感动。(谁敢"不感动"?)

演完上述两场,王莽宣布:王姓的"初祖"是黄帝,"始祖"是舜,天下"五姓"(姚、妫、陈、田、王)都是皇族。

他是舜的后代,所以"受禅"有其正当性。

王莽又大封诸侯,共计一万个封国,将周公比了下去(周朝最多时才一千八百诸侯)。而新帝国的官制多抄袭《尚书》,也就是西周的官名:三孤、羲和(后改纳言)、作士、秩宗、典乐、共工、予虞等。又设二十七大夫、八十一元士、六监。地方官也改官名,郡太守改大尹、都尉改大尉、县令改宰。这些官名的更改,其实没有改革政府的组织功能,纯粹只是为了满足王莽的崇古心理,徒然增加了老百姓的困扰。

然而,王莽内心始终存在一个挥之不去的阴影。他是篡位而当上皇帝,他担心刘氏会复辟。

"刘(劉)"字拆开为"卯、金、刀",于是王莽下诏:"禁止佩带'正月刚卯',禁止使用金币、刀币。"

刚卯,是一种佩饰,有金质、木质、玉质,长三寸、宽一寸,每年正月卯日做成,上刻"正月刚卯"。

当时通行的货币包括"错刀"币(以黄金铸成刀形,一刀值五千钱)、"契刀"币(以铁铸成刀形,一刀值五百钱),以及最普及的五铢钱,因为王莽的担忧,一下子全面禁止。另外铸一种小钱(一铢),与从前发行的"大钱五十"两种并行。

废掉旧币,新铸"宝币"六种:金、银、龟、贝、钱、布,都是古时候的货币名称,以满足王莽的复古欲。其中钱币分六种币值、银币分两种、龟币分四种、贝币分五种、布币分十种。这下子,新朝的货币有五种材料、六种名称、二十八种币值。紊乱的币制,使得人民混淆不清,交易纠纷不绝，经济活动为之濒临窒息。

老百姓不爱用"新"钱，于是新朝政府下令：只保留"小钱值一"与"大钱五十"，龟、贝、布币全部禁用。然而，民间盗铸之风盛行而不可禁，为了防止人民盗铸，下令禁止挟带铜、炭。王莽更下令加重刑罚：一家盗铸，五家连坐，六家人口全部被政府没收，男为奴，女为婢。小吏或小民出门旅行时带钱，数目多少都要登记在通行证上面，通行证上没有注明的，旅舍不许收留，关卡与渡头予以扣留。甚至公卿入宫殿门也要拿这种文件，以向天下展示其重视的程度。

人民为此怨声载道，怀念汉朝的五铢钱。新币制不仅紊乱、大小不易分辨，还不断在变，完全丧失公信力。因此，民间交易私下仍通用五铢钱。谣言说，"大钱即将废止"，所以人民多不愿持有。

王莽这下恼了，下令：凡是持有五铢钱，造谣大钱要废除的人，放逐到四方边外。

如此严刑峻法，可想而知的，被指控犯法者，上自封国诸侯、卿大夫，下至庶民，入狱者不计其数。其结果是农民失去田地、商人无法营业、金融全面崩溃形同罢市，人民辗转流离，不知所之，坐在道路边哭泣。

王莽又"革新"土地制度：天下土地一律收归国有，改称"王田"，一家人丁不超过八口，而田地超过一井（九百亩）的，应自觉将田地分给族人与邻居。原本没有田地的，则授予田地。

这项土地改革，在王莽看来，是恢复周公制订的井田制度，可是对人民大众而言，却是土地全面被充公。这项错误的改革政策很快就使王莽尝到了苦果。

【原典精华】

读策毕，莽亲执孺子手，流涕歔欷，曰：『昔周公摄位，终得复子明辟[1]；今予独迫皇天威命，不得如意！』哀叹良久。中傅[2]将孺子下殿，北面而称臣。百僚陪位，莫不感动。

——《资治通鉴·汉纪二十九》

①辟：音"bì"，君权。用法如辟疆（国土）、辟书（征召文书）。　②中傅：官名，中央与王国称"太傅"，侯国称中傅。

三一 空话治河

王莽在中国历史中创造了一个特例：不用"枪杆子里出政权"，而能完成改朝换代。一个重要原因是，西汉后期昏君辈出，外戚与宦官大演宫廷斗争，搞得朝政日非，而人民的苦痛却没人理会。王莽是个"不一样的外戚"，他礼贤下士，言必称古圣贤，因而让人期待。

然而，王莽最终是自己搞垮了自己，他是怎么搞的？有一个好例子——治河。

汉武帝时，黄河溃决成灾，当时没有任何经验可循。武帝不愧为一世雄主，曾一次发动数万军民，防堵溃决——治河如作战。

可是，黄河的水患持续加剧，大汉帝国的国力却江河日下。

到了汉成帝时，有一年，黄河上游连降十余天大雨，造成关中地区溃堤，地方官上奏，建议疏浚一条新近淤塞的屯氏河。成帝将奏章交付丞相、御史大夫处理，派了一位"博士"去现场勘察，结论是"政府财政不佳，暂时不必动工"。结果，三年后造成更大泛滥，淹没了四郡三十二县十五万顷耕地。

为此，御史大夫尹忠担下责任，自杀。

又过了四年，黄河下游发生决口，淹没三十一县，毁坏官衙与民舍四万余间。

一位官员李寻上书："参与讨论治河的官员，总是想找到古代'九河'故道（也就是大禹"导九川、注四海"的遗迹），希望由此疏浚治河，可是一直找不到。现在正好趁这个机会，放任它溃决，顺着决堤的水流就可以找到古代河床了。然后顺应'天心'，加以整治，就一定可以成功，这个方法既省钱又省人工。"

如此馊主意，居然被汉成帝采纳了，下令停止所有筑堤工程！政府官员一再奏报百姓哀苦，成帝只派人前往灾区赈济、安顿灾民。

黄河一旦溃堤，动辄三十个县受灾，以当时平均一县五万人计算，就有一百五十万灾民。十五万顷土地不能耕作，坐等洪水退去，那得多少时间？假设三个月吧，政府赈济一百五十万人三个月，对国库又会造成多大伤害？

到了汉哀帝时，地震、水灾频仍，由于灾区都在关东（函谷关以东，今河南、河北、山东的部分地区），所以不关朝廷痛痒。

负责治河的官员骑都尉平当上奏："古代的九河已全部埋灭，黄河在魏郡（今河南省临漳县）东边决口，洪水四流，轨迹并不分明。人民不可欺骗，请陛下广为征求有治理河水能力的人员。"

待诏贾让奏称："地有河川，好比人之有口；用土石去阻塞河流，好比为了不让孩子哭啼，而去塞住他的嘴巴，虽然立即止住了哭声，孩子却也窒息而死了。所以说，优秀的水利工程师，必定是疏导河流；高明的政治家，必定让民意有宣泄管道。"

贾让提出治河有上、中、下三策，其上策是将冀州（今河北省南部）容易淹水地区的人民全部迁徙，然后在黎阳（今河南省浚县）遮害亭决开堤防，让河水向北溃决，改道流入渤海。因为黄河西受太行山脉限制，东受金堤（黎阳段）阻拦，泛滥区不会大到无法控制，大约一个月就能稳定。他认为，大汉帝国幅员万里，难道还跟黄河争那咫尺之地？如果采用这个方案，黄河稳定，人民安居，千年不再为患。

不与河争地，合乎今天的保育观念。而不再年年花钱修堤堵塞、赈济灾民，也是一种长远想法。可是，要迁徙数百万人，让他们离乡背井，可不可行呢？这个问题没有答案，因为当时政府没钱，灾区又距京师遥远，奏章就搁下了。

就这样，人民的苦痛无人理会，当时一位谏大夫鲍宣上书哀帝："今之人民有'七亡七死'。面对七亡，却看不到一项德政，要想国家安定，难矣；面对七死，却没有一条生路，要想人民不触犯法网，难矣！"

人民当时寄期望于王莽，于是王莽攫取了整个帝国。可是，王莽又如何治河呢？

王莽为了展现"新政府关心民生疾苦"，所以广征有本事治河的人才，人数以百计算。理论上，如此规模的征集应该可以搜集到很多不同的意见，提出各种不同角度的治河方法，结果却并非如此。

长水校尉关并主张："古时候大禹治水时，特别空出一大片土地，以之为泄洪区。水大时形成湖泊，水小时自然干涸。秦汉以来的历次水患，黄河决口的地点，相距不过一百八十里。我建议将这一带腾空，不做官舍、民房使用。"

御史韩牧认为："应该找到大禹时'九河'故道，将之开通入海，即使不能开出九河，有个四五条也好。"

大司空掾王横说："今天的黄河已非大禹时的故河道，我建议迁移平地人民，开凿决口，引河水沿西山（太行山）流，居高临下，向东北注入渤海。"

以上意见，简单说，都是"参考古籍"，纯粹是投王莽所好（复古），完全没有可行性。

最高段的是司空掾桓谭，他不提专业主张，却大话做结论："这些建议中，一定有一个是对的，只要详细考察，便可以找出对的那个。计划既定，然后行动，费用不过数亿万，还可以解决无业游民的工作问题。与其让他们游手好闲，不如让他们参与治河工程，反正同样耗费衣食，由地方政府提供他们衣食，一举两得。这桩伟大的治河工程，上可以继承大禹功业，下可以为人民解除苦痛。"

结果呢，空话讲完就算了，王莽完全没有实际作为，而人民对王莽的幻想也随之破灭！

【原典精华】

勃海、清河、信都河水溢溢[1],灌县、邑三十一,败官亭、民舍四万余所。

平陵李寻奏言:"议者常欲求索九河故迹而穿之[2]。今因其自决,可且勿塞,以观水势;河欲居之,当稍自成川,跳出沙土。然后顺天心[3]而图之,必有成功,而用财力寡。"

于是遂止不塞。朝臣数言百姓可哀,上遣使者处业振赡之[4]。

——《资治通鉴·汉纪二十三》

①溢:音"pén"。溢溢:水涌出流动的样子。
②求索:寻找。
③顺天心:顺着大自然。
④处业:安置人民并让其有工作可谋生。振赡:赈济。

(三二) 惹翻匈奴

王莽承袭了汉帝国的全部基业，文官制度齐备，内部统治没问题，外部则四夷宾服。虽然内政、经济都存在问题，只要不乱整，大可以维持一个平稳局面。

然而，谎话说多了，说谎的人最后都能"说服"自己，认为自己真的是天命所归，兆民所赖。王莽就是最佳例子。他以假仁假义沽名钓誉，再制造各种假的神迹、祥瑞，借"天命"得到政权。那些原本都是用来欺骗天下人的，可是一旦坐上龙椅，王莽竟深信自己真的是圣明盖世，德配天地。因此，眼前这小小的汉家格局，怎么配得上新朝大皇帝！

帝国要"升等"，唯一的方法就是贬抑邻国。王莽为了要向天下人宣布新朝取代汉朝，派出十二名五威将，每一"将"率领前后左右中五路"帅"，共十二路五威将帅前往各郡国宣达。完成国内任务后，再前往匈奴、西域及其他四方藩属。

五威将王骏抵达匈奴，致送金帛厚礼，说明新朝已取代汉朝，表明前来更换单于印信。之前汉朝给的印文是"匈奴单于玺"，新朝给的是"新匈奴单于章"。新印信交给当时的单于栾提知,同时要求收回旧印。

单于拜谢,接受诏书。翻译官上前准备解开单于臂上的印绶(纽带),单于也坦然抬起手臂,方便他动作。

这时,单于身边的左姑夕侯栾提苏,一旁提醒:"没看到新的印文,不宜交出旧印。"单于闻言,就收回手臂,不让翻译官解开纽带。只请新朝使节上坐,觞酒祝福新皇帝。

王骏喝了酒,又说:"现在该缴回旧印了。"单于说:"对。"再抬起手臂,让翻译官解带。栾提苏又说:"还没看到印文喔。"单于说:"没关系,印文又不会变。"于是将印绶解开,交给五威将王骏,王骏也将新印交给单于。新印包在布包中,单于没有打开审视。就此宾主把酒言欢,喝到半夜才尽欢而散。

宴罢回到宾馆,五威将的右帅陈饶说:"刚才姑夕侯已经起了疑心,单于差一点就不肯交出。等他们一有时间,就会发现印文有变,而要求发回旧印,这不是凭口才可以糊弄过去的。失去已经到手的东西太丢人了,不如将旧印击碎,让他死了这条心。"

王骏与其他几位"帅"还有点犹豫,陈饶抄起一把斧头,一下子敲碎了那颗旧印。

果然,隔天单于就派右骨都侯栾提当前来,说:"汉朝给我们单于的印信是'玺',不是'章',而且旧印印文并没有冠一个'汉'字。朝廷给诸王、侯的才是章,才冠上'汉'。如今印文去'玺'加'新',单于就跟汉朝的臣下无以分别。

单于说,我们还是用旧印好了。"

五威将帅拿出碎掉的旧印说:"旧印业已销毁。"

栾提当回去复命,单于当时贪图新王朝丰厚的礼物,就派老弟右贤王栾提舆为特使,前往长安致谢,同时上书请求换回印信。

王莽当然不会发给"玺",栾提知当然非常不满,派大将在朔方郡(今内蒙古境内)的塞外构筑工事,预备跟新朝开战。而王莽也想借征伐匈奴以立威,证明他足以跟汉武帝、汉宣帝相比。

偏巧,西域这时发生了一件大事。

一直以来,汉朝使节来往西域,对沿途各小国是很大负担。车师国王须置离为这次五威将送往迎来的庞大开支而头痛,甚至想要抛弃王位,逃奔匈奴。西域都护但钦获知此事,将须置离召来,诛杀。须置离的老哥狐兰支,带着二千多部众逃奔匈奴。匈奴单于栾提知接纳他们,并派出军队,与车师军队一同反攻,击斩但钦派出的将领,然后撤退。

汉政府派驻西域的屯田部队司令官戊已校尉刁护当时正患病,属下两名副手陈良、终带与几位重要幕僚一同商议:"国内改朝换代,西域各国陆续背叛,而匈奴不断侵袭,我们的处境怕是死路一条。"于是发动兵变,杀了刁护跟他的儿子、兄弟,裹胁所有官员及眷属,约二千人,陈良、终带自称"前汉大将军",投降匈奴。

西域都护但钦上书,说匈奴将入寇(其实是以此恐吓朝廷，派大军来保护他）。王莽正想展现"新"朝国威，于是将匈奴单于改称"降奴服于"，下诏讨伐。派立国将军孙建率领十二位将领，分六道出塞。

王莽下诏，征召天下囚犯、壮丁，加上正规军队，号称三十万人。大军出征，后勤动员不得了，三十万人需要的军服、皮袄、兵器、粮秣都得张罗。负责动员的官员乘着驿马车，东西往来奔驰催促，动辄搬出军法从事（违反者通常就是死刑）。

大军往边界郡县集结，一俟集结整备完成，同时出动。战略目标是：穷追猛打栾提知，一直将他驱逐到丁零（贝加尔湖附近），然后将匈奴分割成十五个小汗国，以呼韩邪单于的子孙十五人为单于。

这个战略应该说相当有谋，问题在于缺乏实力。两位呼韩邪单于的子孙在匈奴已经没有实力，收了王莽使节的金银，非常乐意前往长安，王莽封他们为"孝单于""顺单于"。

栾提知接报大怒，说："先单于（呼韩邪）受汉宣帝的恩，我们绝对不能辜负。可是今天那个自称天子的家伙（王莽），并不是宣帝子孙，凭什么当皇帝？又凭什么策立单于？"

于是下令左右部都尉（匈奴东西两大军区司令官）不断入塞袭击。由于中国边郡已久疏战阵，不是匈奴对手，被虏掠人畜不可胜数，边区一带陷于荒凉。

新朝这边，十二位将军分六路在北方边塞集结，可是将领根本不想出征，部队数量极大，军纪却极差，军官放纵士兵霸凌百姓。

王莽一再批驳将领主张不开战的上书，派出五十名"绣衣执法"监督沿边大郡。这些钦差逮到机会，大肆贪赃枉法，沿边各州郡几乎全都贿赂公行，人民受霸凌压榨，怨声沸腾。王莽下诏斥责："从今以后，胆敢再犯者，立即逮捕，并公告姓名。"可是贪暴如故。

大军集结不发，比出征的危害大很多。内地各郡拉夫催税，苛刻惨急，人民为之抛弃家园，沦落为盗贼。边郡人民已数代不见烽火，原本田园茂盛、牛马遍野、人口滋繁，自王莽与匈奴开衅以来，数年之间，边境一片荒凉，野外已可见到白骨。

同时间，匈奴内部也发生了变化。原本被王莽利诱到长安去的"孝单于"栾提咸逃回匈奴，而匈奴单于栾提知逝世。当权大臣须卜当是王昭君的大女婿，一向主张跟汉朝和亲，他认为栾提咸跟王莽关系比较好，因而拥立栾提咸为单于。

栾提咸即位后，派人告诉新朝边塞官员："匈奴单于想要见和亲侯。"

和亲侯是谁？就是王昭君老哥的儿子王歙。这对王莽而言，真是天上掉下来的"台阶"，急忙派王歙和王歙的弟弟王飒出使匈奴，祝贺新单于登基，赏赐黄金与丝织品。栾提咸则将之前投降匈奴的陈良、终带逮捕，交给新朝使节。

双方就此大和解了吗？那可没有。栾提咸的儿子栾提登（顺单于）之前被王莽处死，因此栾提咸一面拿新朝的厚重礼物，一面仍不断侵袭劫掠。因此，大军仍驻扎在北方边塞。

北方边郡这时候已经残破不堪，发生大饥馑，人民相互格杀，煮食对方尸体。史书记载"缘边大饥，人相食"，七个字，字字重若千钧，那根本已是人间炼狱。

【原典精华】

及五威将王骏等六人至匈奴,重遗单于金帛,谕晓以受命代汉状,因易单于故印。故印文曰"匈奴单于玺"[1],莽更曰"新匈奴单于章"。将率[2]既至,授单于印绶[3],诏令上故印绶。单于再拜受诏。译前,欲解取故印绶,单于举掖授之。

左姑夕侯苏从旁谓单于曰:"未见新印文,宜且勿与[4]。"单于止,不肯与。请使者坐穹庐[5],单于欲前为说所能距也。既得而复失之,辱命莫寿[6]。五威将曰:"故印绶当以时上。"单于曰:"诺。"复举掖授译,苏复曰:"未见印文,且勿与。"单于曰:"印文何由变更!"遂解故印绶奉上将帅,受新绶,不解视印。饮食至夜,乃罢。

右帅陈饶谓诸将帅曰:"向者姑夕侯疑印文,几令单于不与人。如令夕侯视印,见其变改,必求故印,此非辞大焉!不如椎破故印以绝祸根。"将帅犹与[7],莫有应者。饶,燕士,果悍[8],即引斧椎坏之。

——《资治通鉴·汉纪二十九》

①遗:读音"位",赠送。
②率:同"帅"。
③绂:音"fú",包印玺的布帛。
④上:缴。
⑤穹庐:大型蒙古包。
⑥寿:敬酒。
⑦向:之前。
⑧犹与:犹豫。
⑨果:果决。悍,勇敢。

三三 自我感觉良好

新帝国在内忧（黄河）与外患（匈奴）夹击之下，已经出现很大的危机，可是王莽本人自我感觉仍然很好，原因当然是马屁文化。

王莽即位之前，为了营造全国安和乐利的假象，示意各州郡呈报"全国一片升平，商品价格童叟无欺，司法机关没有讼案，监狱空无囚犯，乡间县城没有盗贼，农村没有挨饿的人，家给户足，路不拾遗……"官员公孙闳奏报民间灾害贫苦，被弹劾"伪造灾害消息，妒恨朝廷施政圣明，大逆不道"，斩首示众。从此，朝廷百官个个学聪明了，变得只会拍马，不敢直言。

谏大夫如普视察边塞回到长安，上书："大军久驻边郡，士兵寒苦，郡县无力供应，既然匈奴单于请和，宜趁此机会，下令复原。"可是校尉韩威却说："以新王朝的雄威，要吞掉匈奴，就跟咀嚼跳蚤虱子一样。愿陛下赐我勇士五千人，不必携带粮秣，饿则吃敌人的肉，渴则饮敌人的血，横行大漠！"

如此言论，获得大大嘉勉，校尉立刻升官为将军。可想而知，以后这种"鸟生鱼汤"（"尧舜禹汤"的谐音，出自金庸小说《鹿鼎记》）言论，就不绝于朝廷之上了。

有一幕更是堪称马屁文化的经典，不得不说。长安郊外的长平观西侧崩裂，泥土大量泻入泾水，形成天然堤坝。泾水受阻，无法宣泄，在北岸决口，泛滥成灾。这明明是灾害，可是新朝大臣们却一致向王莽祝贺："这符合'河图'（一本著名的预言书）所说'以土克水'，正是匈奴将要覆亡的征兆。"而王莽还真的信了这种"鸟生鱼汤"，指示边防军准备出击。

会稽（今江苏省苏州市）、荆州（今湖北、湖南部分地区）等地方爆发好几起民变，王莽派出钦差大臣，带着赦免诏令，前往"教化"他们。钦差们回京以后，有人奏称："盗匪解散后，旋即再度聚合，问他们原因，都说'法令太苛，无法谋生，辛苦所得不够缴纳捐税。即使安分守己，仍不免因邻居私铸钱、携带铜铁而连坐入狱。官吏贪污，逼人欲死'，人民穷途末路，才沦入草泽。"

所有据实奏报的都被免职，其他人见风使舵，上奏："刁民顽劣，应该通通诛杀。"或说："这只是一时的变态现象，不久就会自然消失。"王莽大悦，这些人通通升官。

【原典精华】

谏大夫如普行边兵还,言:"军士久屯寒苦,边郡无以相赡[1]。今单于新和,宜因是罢兵。"

校尉韩威进曰:"以新室之威而吞胡虏,无异口中蚤虱。臣愿得勇敢之士五千人,不赍[2]斗粮,饥食虏肉,渴饮其血,可以横行!"

——《资治通鉴·汉纪二十九》

①赡:供给。
②赍:音"积",携带。

三(四) 人心思汉

说来讽刺，王莽时民怨沸腾，原因却是王莽"照顾民生"的政策！新朝政府设立羲和命士，督导五均（调节物价）、六筦（专卖业务）。政策想法是好的，可是基层执行官员却是各郡当地富贾。这些人与郡县官吏勾结、做假账，结果国库并不能因此受益，老百姓反因触犯这些专卖业务获罪，最重可处死刑。但刑罚愈重，奸商与贪官结合得愈紧密，黎民百姓日子更不好过。纳言冯常建议解除专卖独占，王莽大怒，将他免职。

不止五均六筦，新政府的法令多如牛毛，而又繁琐苛刻，人民动辄得咎。再加上徭役繁重，占走农人耕田的时间；水利不修，导致旱灾；旱灾之后，总是引起蝗灾；监狱里羁押的犯人长久不能结案；官吏贪暴，吃定小民。富者尚且不能自保，贫者更无以生存。于是，富者、贫者都"上山打游击"，成了土匪——这就是前章描述的情境。

王莽篡汉立新第七年，民间传言纷纷：有一条黄龙坠落到黄山宫（宫是道教庙宇，黄山宫位在今陕西省）中，跌死。

消息传开,老百姓奔走相告,前往观看的超过一万人。

龙代表皇帝,黄又是皇帝的颜色,黄龙坠地而死,这个象征意义太强了,像是"始皇帝死而地分"的复制版。王莽本人迷信这些东西,听说这件事情,心里大为不爽,下令逮捕围观者,追查谣言来源,却查不出个所以然来。

隔年,发生大地震,刚好又碰上大雪成灾。积雪最深的地方,厚达一丈,连最耐寒的植物,包括竹子、柏树都被冻死。大司空王邑上书,以地震为理由,自请辞职。这是一记马屁:高级官员为地震下台,表示异象不是冲着皇帝来的。

王莽对王邑这个动作很欣赏,想要慰留他,可是地震却是事实,又怎么"化解"呢?王莽在辞呈上批示:"大地有'震'、有'动',震有害而动无害。《春秋》记载地震,没说对国运有害。而《易经·系辞》只说'坤动(坤就是地),动静配合得宜,万物欣欣向荣'。"

王莽自以为君权神授,乃制造了一个神话:"我将与黄帝一样,成仙升天。"这个神话一放出去,听到的人都哑然失笑。

纯神话没有用,王莽再下诏:"黄帝当年平定天下,身兼大将军,中央政府设大将,地方政府设大司马。我接受符命当皇帝,也将做如此安排。"于是设立五军(前后左右中)大司马,三十县首长一律加大将军、偏将军、校尉等称号。以为这样一来,地方官成了"神兵",就可以镇压人民起义。

如此态度对待民变与天象示警，结果当然是变本加厉。

临淮人瓜田仪盘踞会稽郡长洲苑（今苏州一带），琅邪的吕母为子报仇，聚众数千人，杀了海苗县宰，乘船入海为盗，人数超过万人。

荆州连年发生饥荒，人民进入山泽挖食野菜。人数愈来愈多，野菜数量有限，饥民为了抢野菜相互攻击。新市（今湖北省京山市）人王匡、王凤出面为饥民排解纠纷，乃成为首领，拥众数百人。附近的亡命客闻风来投，数月之间，集结七八千人。饥民开始攻掠村庄聚落，盘踞绿林山，后来成为"绿林军"。

山东泰山人樊崇聚集一万余人，会合附近的徐宣、谢禄、杨音，总共数万人之众，攻打莒城，未下，就在青州（山东省中部）、徐州（江苏省北部）流窜，劫掠村庄，这一支后来称为"赤眉"。

有一个方士郅恽，精通星象历法，推算汉帝国必将复兴，上书王莽，建议将政权归还刘氏，以符合"天意"。王莽将他下狱，可是隔年遇到大赦，他又恢复自由了。于是，民间开始流传：刘氏将再起。又一位术士王况，告诉魏成太守李焉："汉室必将复兴，姓李的将会当辅佐大臣。"还为李焉编了一本谶书（神秘预言的一种），后来被人告发，两人都斩首——这些，都意味着人心思汉。

王莽十分迷信，对这种民间传言极为厌恶。于是，他派出武装军人，到汉高祖刘邦的祭庙，用武器捶打墙壁、捣毁门窗，用桃木煮水，四处浇泼，又用沾污红泥的皮鞭鞭打墙壁——破坏汉室刘姓的风水！王莽的亲信、甚至亲人见他此等行径，认为他的精神已经错乱，渐渐离心离德。

【原典精华】

大司空王邑上书,以地震乞骸骨,莽不许,曰:"夫地有动有震,震者有害,动者不害。《春秋》记地震,《易·系》坤动,动静辟翕[1],万物生焉。"

——《资治通鉴·汉纪三十》

---

[1] 辟:开;翕:音"xī",闭合。动静辟翕:动静开合。

三五 众叛亲离

全国到处发生民变之时,一场狂风侵袭新朝首都长安,大风吹垮了未央宫王路堂(前殿),王莽为了"上应天象",下诏废太子:"前些日子发生烈风雷雨折木毁屋的异象,我内心为之惶恐。自我检讨十天之后,终于想通了,原来都是名不正的缘故。太子王临是弟弟,不应该凌驾哥哥王安之上。所以,现在立王安为新迁王,王临为统义阳王。"

说是为了天象,是为了名正言顺,王莽废太子其实另有隐情:王莽曾"临幸"皇后宫中一名女侍原碧,而王临入宫照顾失明的母亲,也跟原碧私通。王莽略有耳闻,两人担心奸情败露,乃密谋害死王莽。

王临的妻子刘愔,是国师刘秀的女儿,对星象很有研究。她告诉王临,皇宫中将有"白衣会"(丧事),王临私心窃喜,认为"大事"可成。可是王临被王莽废掉了太子之位,不许再进入皇宫,心中疑惧,就写了一封信给母亲,信中提及:"之前王宇、王获都不满三十岁就死了(被王莽'大义灭亲'),我今年正好三十,深恐不知身死何所!"

王皇后目盲多年，信件必须由宫人念给她听，念完就放在桌上。王莽下次来探视皇后时，看到了那封信，当场色变，怀疑王临不怀好意。

王皇后去世，王莽不许王临参加丧礼，并在下葬之后，逮捕原碧拷问。原碧坦承奸情及阴谋，王莽下令杀人灭口，尸体就埋在监狱某处，家人都不知所在。

王莽赐王临毒药，王临不肯服毒，拔剑自杀。王莽下诏刘愔："王临不懂星象，都是你女儿起的头。"于是刘愔也自杀。

过不久，另一位皇子王安也病死。王莽一下子失去了皇后与两名皇子，陷入没有子嗣的恐慌，乃将两名私生子接来长安。

人民叛变，亲人死亡，王莽这个"独夫"却还逼得亲信离心。

一位中央派去豫州查案的官员被起义者虏获，他们送他到县城，毫发无伤。这位官员回到长安，上书报告："四方叛乱群众基本上都是因为活不下去，才铤而走险，虽然聚众为盗，却总希望年景好转，仍可以回家耕田。因此，为数上万，乃至数万的叛乱集团，大都不攻击城市。地方政府官兵间有战死者，很多都不是死于叛乱者之手，而是乱战中死于己方部队的互斗。"

王莽看到那份报告，大怒，于是下书责备"七公"（四辅加三公）："明察奸恶，捕杀盗贼是官吏的责任。现今盗贼四起,结党成群、劫掠驿车、虏掠政府官员,而官员居然还为盗匪脱罪,认为他们是'日子贫苦才当土匪'。你们七公应该严格督促卿大夫及地方官,好好照顾善良人民,加紧搜捕剿灭盗匪。如果不同心协力缉拿盗匪,而以'饥寒'搪塞,将立即逮捕下狱究办。"

这下子,全体政府官员陷入恐惧,再也没有人敢反映实情。可是王莽又不授权州郡视情况径自发兵,各地起义情况遂失去控制。

三六 赤眉军

其实很多参加起义的农民都很想等待时机好转,再回家种田,可是却一步步被逼上绝路。青州、徐州(古齐地,今山东、江苏一带)的赤眉军就是最明显的例子。

翼平郡(今山东省诸城市)太守田况,发动郡内十八岁以上丁壮四万余人,打开武库,发给他们武器,一同宣誓保卫家园,将誓词刻在石头上。樊崇等集团听说此事,乃不敢侵入郡界。

田况的动作是违反律令的,罪名是擅自动员军队。田况上书自我弹劾,王莽下诏责备:"朝廷未颁发虎符,而擅自发兵,有罪。然而,田况是因为有把握打胜仗才胆敢如此,暂且不交付军法审判。"

后来,田况请求出境(超越郡界)击贼,朝廷批准,所向皆捷。王莽下诏,命令田况兼任青、徐二州州牧。

田况上书说:"盗贼最初发生时,起因都是小状况,基层小吏甚至伍保(村里守望队)就可以处理。只因为地方政府漫不经心,县欺瞒郡,郡欺瞒朝廷,百人说是十人,千人说是百人。朝廷因此低估事件的严重程度（其实是因为王莽不爱听坏消息），遂至蔓延数州。到了情况不可收拾才派出大军，使者四处追查究责，郡县政府只能事奉巴结、应对塞责，供应酒食、奉献金钱，以求不死，更无暇管理盗贼，也无心行政。而朝廷派出的将帅又不能身先士卒，一旦交战就被盗贼打败，官兵军纪败坏，士气沮丧，转而伤害百姓。"

"在此之前，有些盗贼团伙幸蒙赦免，原本就要解散了，没想到又受到攻击，他们在恐惧之下，再逃入山谷，并相互转告，以致已投降的又复作乱。十天之内，可以集结十余万人，这才是盗贼愈剿愈多的原因！"

"如今，一味派出将帅，郡县负担沉重，比应付盗贼还辛苦。请陛下召回派到各地的使者，让郡县得到休息。将青、徐二州的剿匪责任全权委交我田况，一定能够平定。"

田况的奏章切中问题核心，但是，王莽面对如此干才，却突生狐疑之心，反而担心他太强了。于是王莽派出使节，当着田况的面，"调升"田况为师尉大夫（大长安地区的一个郡长），而使节实时接管田况兵权。

田况离职后，齐地的情况愈发不可收拾。王莽派出中央大军征剿，可是这些官兵却不堪一击。在一次战役中，政府军司令官景尚被击毙，王莽只好派出精锐军队，由一线将领担任剿匪司令，两位将领分别是太师王匡、更始将军廉丹。

当初起义时，各股起义者之间相互约定："杀人抵命，伤人抵创。"起义集团中最尊贵的称号是"三老""从事""卒史"等,都是县政府以下的基层公务员头衔,脑袋里根本没有"王、侯、将军"等念头——这跟秦末起义军有着本质上的不同。易言之,原本毫无野心,只因吃不饱而为盗的团体,现在开始产生质变。

起义集团听说新政府的太师与将军率领十余万精兵前来,担心部众与政府军接战时,难以辨识敌我,于是通令"将眉毛染成红色"。从此,这群人就被称为"赤眉"——有标识、有番号,那就是正式造反了。

另一方面,王匡与廉丹的十余万大军,浩浩荡荡向东进发,军纪败坏,所过之处放纵士兵为所欲为。

关东地区人民发出哀号:"宁愿碰到赤眉,不愿碰上太师;碰上太师还可以活,碰上更始铁定没命!"

这一支剿匪大军由王匡担任名义上的总司令,但实际上会打仗的是廉丹。王莽下诏给廉丹,催促出战:"将军身负国家重任,如果不肯投身战场,实无以报国,无以尽责!"

廉丹是军人世家,接诏惶恐。当天晚上,将诏书给幕僚冯衍看。冯衍也是军人世家,趁机向廉丹建议观望待变:"新朝建立,天下英雄豪杰没有人服气。如今全国大乱、农村经济崩溃,人民思念汉朝的美好日子,如同周人怀念召公。我为将军计算,最好是将部队驻扎到一个富饶的大郡,粮食、土地、兵源都充足,在那里训练砥砺,招纳天下英雄豪杰,征求各方智慧谋略,为国家谋利,为人民除害。那样,将军的功业与福禄将永垂青史。何必带领军队在战场上覆灭,尸体与草木同朽，也让祖先蒙羞呢！"廉丹没有接受。

大军首战得胜，攻下打着赤眉旗号的一个县，杀一万余人。王莽派使者赴前线慰劳，晋封王匡与廉丹为公爵，另外封有功将领十余人。

王匡主张乘胜追击，再进攻梁郡（今河南省商丘市一带）。那里有赤眉军数万人，廉丹认为大军应休养一段时间，但王匡不听，独自领军挺进，廉丹只好跟上。

两军在成昌会战，政府军大败，王匡逃走。廉丹派人将更始将军的印、绂、节都送去给王匡，叹息说："小孩子可以逃命，我不可以。"再投入战场，结果战死。部下校尉汝云、王隆等二十余人在酣战中得到消息，说："廉公死了，我们还为谁活着？"冲入敌阵，全部牺牲。

这一仗打完，新政府对这些"盗贼"已不复再有"征剿"的架势，改为守势，而赤眉则成为起义集团当中最大的一股。

【原典精华】

匡、丹合将锐士十余万人,所过放纵。东方为之语曰:"宁逢赤眉,不逢太师;太师尚可,更始杀我。"

——《资治通鉴·汉纪三十》

三七 刘縯起兵

早在王莽摄政时期,民间就流传一段图谶:刘秀发兵捕不道,四夷云集龙斗野,四七之际火为主。这一段让人难以理解的文字,却在后来"人心思汉"的气氛中,转化成"刘秀当为天子"的传言。

因为这个传言,居然有一个人为此改名:王莽的国师刘歆。这刘歆是位大学者,"九流十家"就是他分类的。刘歆非常相信阴阳家那一套,因而改名为刘秀。而一个臣子做如此动作,其实是一种"不臣之心",是可以杀头的罪名,但王莽没有追究他这件事。这位改名的刘秀事实上也没有造反,可是另一位刘秀却造反了。

南阳(今湖北、河南交界一带)郡有刘姓一家三兄弟,刘縯、刘仲、刘秀。算起来是皇族的一支,父亲刘钦早死,三兄弟由叔叔刘良抚养长大。

老大刘縯性格刚毅,野心勃勃。自从王莽篡汉之后,他便愤愤不平,怀抱复兴汉室的大志。因而不事农耕生产,不惜变卖家产,倾心交结四方豪杰之士。

小弟刘秀相貌不凡,"隆准日角"(鼻头高,额角突出),勤于农事。

大哥刘演经常将小弟比做高祖的二哥刘喜,这又有典故:刘喜勤于耕种,刘太公(刘邦父亲刘执嘉)常夸奖老二,而责备老三。后来刘邦当了皇帝,向太公敬酒,说:"您老人家以前老是怪我不事生产,不如二哥。如今,谁的产业比我更多?"也就是说,刘演自比刘邦,有天下大志!

刘秀的姐姐刘元嫁给邓晨,有一次,刘秀与姐夫邓晨一块儿去拜访一位术士蔡少公。蔡少公对图谶很有研究,说"刘秀会成为天子",一旁有人接口:"难道是国师公刘秀吗?"刘秀开玩笑地说:"你怎么知道不是我呢?"在座众人哄堂大笑,只有邓晨私心窃喜,认为小舅子必有大成就。

宛城(也在南阳郡)有一位学者李守,也喜欢研究星象与图谶,李守对他的儿子李通说:"刘氏将复兴,李氏辅佐他。"后来各地起义纷起,形成革命军队,李通的堂弟李轶对李通说:"天下已乱,汉皇室将复兴,南阳地区的刘姓皇族当中,只有刘伯升(刘演字伯升)兄弟得到众心,可以共谋大事。"

李通表示正有此意,刚好刘秀到宛城来卖米,李通派李轶找到刘秀,接他到家里款待,谈谶文(刘秀当为天子)之事。双方决定借立秋骑兵校阅的日子,劫持南阳郡军政首长,号令军队起义。

李轶与刘秀回去南阳招募义军,刘演将舂陵豪杰集合,对他们说:"王莽暴虐,百姓分崩离析,我们今天要高举义帜,复兴高祖的基业,建立万世之功!"众人轰然响应,于是各自回乡号召群众,在各县起兵。

春陵子弟原本对"起义"非常害怕,说"伯升会害死我们"。及至看到刘秀也全副武装出现,惊讶地说:"连这位老实人也敢起义呀!"这才人心大定,集结七八千人,刘縯担任司令,自称"柱天都部"。由于这支军队是以刘姓氏族为主力,被称为"汉军"。

【原典精华】

秀隆准日角,性勤稼穑,缜常非笑之,比于高祖兄仲[1]。

秀姐元为新野邓晨妻,秀尝与晨俱过穰人蔡少公[2],少公颇学图谶,言『刘秀当为天子』;或曰:『是国师公刘秀乎?』秀戏曰:『何用知非仆邪?』坐者皆大笑,晨心独喜。

——《资治通鉴·汉纪三十》

① 仲:老二。高祖兄仲:刘邦的二哥刘喜。
② 穰:音"ráng",意同"禳",祈祷。穰人指为人祈祷的术士,穰人则当为专为田产祈祷之人。

三八 更始皇帝

最早起兵，聚集在绿林（今湖北当阳）的那股起义者，因为遭到瘟疫，死亡超过二万五千人，将近全部人数的一半。起义的人民原本就是因为活不下去而啸聚山林，这下又遭遇致死的流行病侵袭，只得被迫离开瘟疫地区，并分裂成两路：一路向西移动，称"下江兵"；一路向北移动，称"新市兵"。他们的首领都称"将军"，显示这一股"盗贼"已完全质变为军队，比山东那最大股（赤眉）更有革命的企图。

新市兵在往北移动途中，与"平林兵"会合，进入南阳地区，此时正好是汉军起义之时。刘𪩘派人去跟他们联络，一同攻击长聚，并屠杀唐子乡全城。如此军纪荡然的杂牌军，在第一次胜仗之后，就因分赃不均而内讧，新市兵与平林兵闹着要攻打汉军。解决这个状况的是刘秀，他将得到的财物，分给新市兵与平林兵，大家回嗔作喜，继续向前挺进。

刘𪩘带领联军与南阳郡的政府军会战，大雾弥漫，大败。刘秀单人孤马逃走，遇到妹妹刘伯姬，带她上马，两人共一骑逃命。后来又遇到姐姐刘元，刘秀催促她上马，刘元说：

"你们快逃吧，不必死在一块儿！"说着，追兵已到，刘元与她的三个女儿都遭杀害，刘氏族人死了数十人，包括刘秀的二哥刘仲。

新市兵与平林兵见汉兵大败，信心动摇，想要自战场撤退。正在此时，下江兵五千余人前来，刘䅳带着刘秀、李通去见他们的首领王常，分析"合则利，分则危"，王常顿悟"王莽残虐，百姓思汉"，乃与刘䅳相约结盟。

下江兵其他将领不服刘䅳，王常说服他们："我们都是平民老百姓，相聚在草泽，如果仗恃自己强壮勇敢，就纵情恣欲，必定自取灭亡。"于是下江兵加入汉军，再会合新市兵与平林兵，军容复振。联军休养三天后，分六路出击，先偷袭获取南阳郡政府军的辎重（后勤补给），再大破南阳郡军队。然后挺进宛城，与新政府派出的剿匪军将领严尤、陈茂会战，大胜。

至此，刘䅳的汉军已有十余万兵力，因而让新市兵、平林兵感受到威胁。于是，他们要推戴一个傀儡，以压抑刘䅳的锋芒。可是碍着刘䅳是汉室皇族，其他土匪不姓刘，难以得到众人认同。找来找去，平林兵中有一位"更始将军"刘玄，与刘䅳是刘姓皇族同一支的堂兄弟，于是新市兵与平林兵合谋拥戴刘玄，以制衡刘䅳。

平林兵陈牧与新市兵王凤"先讲先赢"，刘䅳只能故示大方，说："青徐二州的赤眉已有数十万人，如果他们也拥立一位刘姓皇族，则新朝未灭，刘姓宗室已经自己打了起来，将令天下人心不安。同时，我们现在的地盘不过三百里，称帝举动树大招风，恐招致本地人民承受灾难，不是好的策略。我建议先称'王'，同样可以号召人心，也有生杀大权。而若赤眉拥立的人比较贤能，我们去投奔他，也不会因而被取消爵位。如果赤眉不成气候，我们灭了王莽、收拾赤眉，再称帝不迟。"

刘縯的意见，多数将领赞同，只有新市兵将领张卬听出不对，这分明是刘縯给刘玄"穿小鞋"，于是他拔剑击地，说："对前途持怀疑态度，怎么会成功？今天就下此决定，不能有第二个想法！"这话也对，刘縯的说法是保留后路（事不成则投奔赤眉），而起义军应有破釜沉舟的觉悟，于是大家一致赞成，拥戴刘玄称帝。

淯水畔沙滩上，堆起了一座高坛，刘玄在坛上即皇帝位，面向南方站立，接受群众朝拜，国号为汉，年号用更始，史称"玄汉"。可是这位新皇帝既紧张又羞愧，满头大汗，只有举手示意的能力，口中却讲不出一句话来。他的表现令现场许多英雄豪杰失望，内心不服。

【原典精华】

设坛场于淯水上沙中,玄即皇帝位,南面立,朝群臣,羞愧流汗,举手不能言。……由是豪杰失望,多不服。

——《资治通鉴·汉纪三十一》

三九 巨无霸

当初王莽发动十路大军征伐匈奴时,曾下诏征求天下奇技之士。当时有数以万计的人上书:有人宣称渡水不用舟船,只要马匹首尾相接,就可以运渡百万雄师;有人宣称不必携带粮秣,只吃药就可以让三军都不会饥饿;甚至有人宣称能够飞翔,一日千里,可以侦察匈奴军情。

王莽亲自面试那位"飞人"。见他用大鸟的粗壮羽毛(翮)做成两个翅膀,全身粘满羽毛,以环扣连接翅膀,结果还真"飞"了几百步才坠地。

王莽明知道这些货色没一个有用,但一来顾虑到面子问题,二来他还真的是很迷信,期待终有一天会遇到"神人",为了不杜绝奇技之士的来路,还是下令赏赐他们车马,等待出征。

这些奇技之士当中,有一名巨无霸,身高一丈,腰粗十围(十人合抱),自称生长在蓬莱东南方五城西北的"昭如海"畔(方士传说中,海上仙山蓬莱有五城、十二楼)。小车载不下,三匹马拉不动。睡觉头枕战鼓,吃饭以铁棍为箸。

地方官以四马大车送他到长安,王莽下令,教他停在新丰待命。

征伐匈奴的大军,事实上始终没有出塞。如今全国起义军蜂起,政府军一再战败,王莽乃出动这支"压箱底"王牌部队,由司空王邑与司徒王寻领军,六十三位精通兵法的参谋随行,巨无霸担任垒尉(营区司令),还带了大量猛兽——虎、豹、犀、象等助威。大军共四十三万人,号称百万,旌旗、辎重、人马千里不绝。与严尤、陈茂会合后,大军压向玄汉军队。

【原典精华】

又博募有奇技术可以攻匈奴者,将待以不次之位,言便宜[1]者以万数:或言能渡水不用舟楫,连马接骑,济[2]百万师;或言不持斗粮,服食药物,三军不饥;或言能飞,一日千里,可窥[3]匈奴。莽辄试之,取大鸟翮为两翼,头与身皆着毛,通引环纽,飞数百步堕。莽知其不可用,苟欲获其名,皆拜为理军,赐以车马,待发。

——《资治通鉴·汉纪三十》

①便宜:可行,用法如"便宜行事"。

②济:渡过。

③窥:侦察。

【原典精华】

有奇士,长丈、大十围,来至臣府,曰欲奋击胡虏,自谓巨毋霸,出于蓬莱东南五城西北昭如海濒。轺车不能载,三马不能胜。即日以大车四马,建虎旗,载霸诣阙。霸卧则枕鼓,以铁箸食。

——《资治通鉴·汉纪三十》

(四十) 昆阳大捷

新朝大军杀来,前线的玄汉军不敢对抗,各自退兵,最后都退进了昆阳城(今河南叶县)。昆阳城里弥漫着恐怖气息,将领们挂念自己的妻儿老小,于是有人主张化整为零,各自散去,美其名曰"不让敌人捕捉到主力"。

这个节骨眼上,唯一持反对意见的,只有刘秀一个。他说:"我们兵力既少,粮食更少,而敌人却强大无比。如果合力御敌,还有成功的机会,一旦散去,必定被逐一收拾。目前,宛城的军队还不能来救,万一昆阳被拔,其他部队将在一日之间被消灭殆尽。这是只能拼死守城的局面,想不到各位非但不能肝胆相照,誓死同心,反而只想到妻子儿女!"

诸将大怒,对着刘秀咆哮:"你怎么敢说出这种话!"刘秀笑笑,起身离席。

刘秀才出去,探马来报:"敌人大军即将到达城北,连营数百里,看不见尾巴。"

那些刚才对刘秀大呼小叫的将领,面对紧急状况,不知所措,只好再去请刘秀回来商量。

刘秀不愠不火，对着地图分析形势。诸将早没了主意，只好说："全听你的。"

当时昆阳城中只有八九千兵力，而敌人号称百万。刘秀吩咐王凤（新市兵）与王常（下江兵）守昆阳，自己与李轶等十三人，冲出南城，征召附近起义军来救。事实上，围城军队已有十余万人，刘秀差一点无法突围。

闻报被冲出十几骑，王邑才下令"包围昆阳"。严尤建议："昆阳城小而坚固，守军人数不必很多，攻城部队却不易成功。如今那个窃号称帝的家伙（指更始皇帝刘玄）不在这里而在宛城。我们大军攻向宛城，宛城解决了，昆阳自然平定。"

王邑说："我率领百万大军，昆阳是遇到的第一个叛军城池，如果打不下来，无以展现军威。我要先攻下此城，屠杀全城，踏着敌人的鲜血前进，前锋高歌，后部舞蹈，岂不快哉！"

王邑下令，对昆阳布下数十重包围，营寨数以百计，钲鼓之声传至数十里外。夜以继日地攻城，挖地道、冲撞城门，箭如飞蝗、矢下如雨，城中守军必须背着门板才能汲水。昆阳守军统帅王凤请求投降，可是王邑断然拒绝（一心想要屠城），认为胜利就在眼前，对敌人毫不在意。

懂兵法的严尤提出警告："孙子兵法说'围师必阙'，应该留一个缺口，让败兵逃去，将恐怖带去宛城。"可是王邑完全听不进去。

不许投降，又逃不出去，昆阳守军只有死守一途。另一方面，刘秀突围后，在郾城、定陵一带征调所有可征调到的军队。有些将领贪惜掠夺来的财宝，想要保留兵力看守，刘秀对他们说："这一次若能打败敌人，等待我们享用的财宝何止万倍；若被敌人打败，人头都没了，要财宝有何用？"诸将被他说服，乃投入所有兵力。

各路起义军驰援昆阳，刘秀亲率一千兵力为前锋，在距离王邑大军四五里的地方布阵。王邑派出数千人挑战，刘秀领军冲锋，斩首数十级。

刘秀赢了第一回合，乘胜挺进。王邑军队阵脚松动，向后退却，玄汉各路援军趁势攻击，斩首数百上千人。这下子就像骨牌效应般，一连串小胜利累积成大战果。玄汉军诸将的胆气因胜利而愈壮，莫不以一当百。

刘秀再领三千人组成敢死队，沿着西城护城河，直冲王邑指挥部。王邑与王寻未将这支敌军放在眼里，自领一万余人，结阵以待；下令各营，不经允许不得出动，想要亲自收拾闯入包围圈的敢死队。

孰料，一经接触，新军无法抵挡汉军，只好向后撤退。各营未奉命令，不敢增援。王邑、王寻阵脚大乱，汉军冲垮了新军阵脚，王寻在乱军中被杀。

困守城内的玄汉军将领望见，一个个都受到激励，说："刘秀平素遇到小撮敌人都会胆怯，如今遭逢强大敌人却如此勇敢，真是奇怪。还敢亲自带队冲锋，我们不应该在城上观战，应该下去与他一同杀敌。"

于是，昆阳城内守军开城杀出，前后夹击，杀声震天。王莽大军哗然崩溃奔逃，人马相互践踏，百里内伏尸遍地。又恰遇风云变色，巨雷狂风，屋瓦飞荡，大雨倾盆而下，河水暴涨，新军带来的虎豹猛兽在木笼中战栗，士卒淹死者上万人。

王邑带着严尤、陈茂，抛弃辎重，轻骑逃出，踏着士卒的尸体渡过河水，狼狈逃回洛阳。数十万大军溃散，散兵逃回各自郡县，无法再作集结。

这一场昆阳大战，是中国历史上十大战役之一。经此扭转局面的一战，各地义军纷起，杀死州牧、郡守，自称将军，全都打着"汉"的旗号，等待玄汉政府的指令——这是"人心思汉"的最高潮时刻，王莽的新朝政令已出不了关中地区。

【原典精华】

邑曰:"吾昔围翟义,坐不生得以见责让,今将百万之众,遇城而不能下,非所以示威也。当先屠此城,喋血[1]而进,前歌后舞,顾不快邪!"

——《资治通鉴·汉纪三十一》

---

[1] 喋:音"dié",踩踏。

【原典精华】

秀乃与敢死者三千人,从城西水上冲其中坚。寻、邑易之[1],自将万余人行阵,敕诸营皆按部毋得动,独迎与汉兵战,不利,大军不敢擅相救;寻、邑阵乱,汉兵乘锐崩之[2],遂杀王寻。城中亦鼓噪而出,中外合势,震呼动天地。莽兵大溃,走者相腾践,伏尸百余里。

会大雷、风,屋瓦皆飞,雨下如注,滍川盛溢,虎豹皆股战[3],士卒赴水溺死者以万数,水为不流。

——《资治通鉴·汉纪三十一》

①易:轻敌。
②崩:崩溃。乘锐崩之:乘着胜利锐气击溃敌军。
③战:战栗。股战:(虎豹)四腿打抖。

四一 更始杀刘縯

前线打了大胜仗,后方却上演铲除异己。

更始皇帝刘玄是个傀儡,他身后的支持主力是新市兵与平林兵。新市兵首领王凤在昆阳大战中,见识到刘秀的不凡表现,却未因此佩服刘秀,也毫不感激刘秀领头打赢了这决定性的一仗,反而对刘氏兄弟的威名日盛更加嫉妒,就联合平林兵首领陈牧等,阴谋指使刘玄除去刘縯兄弟。

刘秀感觉到气氛诡异,对老哥刘縯说:"情形有点不对劲。"

刘縯有着江湖豪气,笑着对弟弟说:"没什么,一向如此。"——基本上,刘縯瞧不起这些因为吃不饱才作乱的农夫。

有一次,更始皇帝大会诸将,教刘縯拿出他的宝剑,刘玄取过来观看。这时,绣衣御史申屠建向皇帝呈上玉玦,可是刘玄没有动作。刘縯的舅舅樊宏对刘縯说:"申屠建是什么意思?莫非是想模仿范增吗?"刘縯不回答。

樊宏指的,是鸿门宴的故事:鸿门宴上,范增举起玉玦,暗示项羽下手除去刘邦(玦是决断的象征)。申屠建的动作委实露骨，史书记载更始皇帝刘玄"不敢"行动，但也有可能是刘玄不明白献玦的意思。

无论如何，玄汉政权内部已经山雨欲来风满楼，刘家军与新市兵、平林兵之间，相互猜忌，内乱随时爆发。

更始帝任命刘家军的将领刘稷为抗威将军，刘稷拒绝，还说："最初起兵是伯升兄弟，如今这个更始，当初是干什么的？"

刘玄不能忍受这种态度，就在一次阅兵场合逮捕刘稷，下令处死。刘縯当然力争不可，这时刘縯的亲信李轶（与刘秀在昆阳一同突围的十三人之一）出卖老大，与新市兵将领朱鲔建议更始帝，一不做二不休，连同刘縯一道逮捕，当天就将其杀了。

事情发生时，刘秀人在前线，闻讯奔回宛城请罪。刘縯旧属齐集迎接刘秀（等待指示），刘秀不跟他们做言语上交谈，只深深鞠躬答礼。晋见更始帝，绝口不提昆阳大捷的功劳，也不为刘縯服丧，饮食言语一如平常。

刘秀如此表现，令刘玄自觉惭愧，擢升刘秀为破虏大将军，封武信侯。玄汉军因而未发生内斗火并，仍然矛头一致，指向王莽。

【原典精华】

更始大会诸将,取缜宝剑视之。绣衣御史申屠建随献玉玦,更始不敢发。

缜舅樊宏谓缜曰:"建得无有范增之意乎?"缜不应。

——《资治通鉴·汉纪三十一》

㈡ 王莽穷途末路

玄汉军发出檄文,指控"王莽毒死汉平帝(刘箕子)",高举"兴汉灭莽"的旗帜。由于人心思汉,这个政治号召深深打动人心。王莽为了表示清白,在未央宫王路堂召集百官,开启金匮,取出当初平帝病危时,向天请命的那件文书,一面念,一面痛哭流涕。可是这一招已经无效。

"学周公"无效,王莽再使出另一招"有神助":将白头发染黑,立了一位新的皇后,还新娶一百二十位姬妾。这些都是企图引导人们联想:"皇帝返老还童,莫非有神仙帮助他?"这招同样无效。事实上,这一套曾经愚弄天下人的招数,现在通通骗不了人,只能骗到王莽自己。当然,王莽的亲信们看得非常清楚,事已不可为,个个开始寻找后路。

术士西门君惠对卫将军王涉说:"谶文中明白指出,刘氏将复兴,而且名叫刘秀。"他指的,当然是原名刘歆,却为了"上应天命"而改名的国师公刘秀(为免混淆,我们仍称他刘歆)。

于是王涉与刘歆、大司马董忠、司中大赘(宫廷禁卫军副司令）孙伋结盟，阴谋劫持王莽，向玄汉帝国投降，以保全自己的家族。

可是孙伋不认为这两个家伙能够成事，因而向王莽告密。王莽召见董忠诘问，当场格杀。教殿前虎贲卫士以斩马剑将董忠剁成肉酱，逮捕他全族，全部诛杀，然后通通推进一个大坑，浇上醋酸、毒药，以利刃、荆棘搅拌后埋葬。刘歆与王涉得到消息，两人都自杀。

王涉是王根的儿子，王根是最初推荐王莽担任大司马的贵人；而刘歆，更是王莽头号心腹。这件事实在是让王莽颜面无光，传出去更有损领导威信，只好秘而不宣。

众叛亲离，王莽已经不敢相信任何人，当初篡汉立新时的雄心壮志，顿时荡然无存，莫说无心考虑如何对付匈奴，连关中以外的州郡，都不再有心思料理。至此，王莽已陷入深度忧虑，自悲自怜加上恼羞成怒，使他食不下咽，成天饮酒浇愁，配一点鲍鱼。精神稍好的时候，就读兵书，疲倦了就靠着几案入睡，上床反而不成寐！

光"看"兵书无济于战事，前线噩耗不断传来，王莽忧惧交加，却又束手无策。大司空崔发说："古时候，国家发生重大灾难，都以哭声化解，我们应该以哭声向上天哀告！"

王莽于是亲率群臣，到长安南郊，向上天陈述自己受符命而称帝的本末，然后仰天大哭，哭得上气不接下气，再伏地叩头。

王莽本人应该是真情宣泄，毕竟他承受了那么多、那么大的压力。可是新朝的文武百官，还有动员来的儒生、老百姓，却没有不哭的自由：每天早晨、傍晚各聚集一次"会哭"，朝廷供应早餐与晚餐。哭得悲痛尽情者，就任命为郎官，那一阵子，郎官多达五千多人！

哭天，当然是于事无补的，王莽还是得派出军队才行。先前的大军已经覆没，王莽做最后挣扎，一口气任命了九位将军，都以"虎"为号（如虎威将军、虎奋将军等），将北军（西汉以来，京师卫戍最精锐的部队）精兵数万人交给他们，出发东征。但是又担心他们倒戈，所以将他们的妻儿全部接到宫中，作为人质。

当时，宫廷所存黄金还有六十余万斤，另外还有大约等值的财物。可是王莽却舍不得重金赏赐军士，九虎将军所属，每人仅赏赐四千（约当四两银）。这使得军队怨气冲天，毫无斗志。

九虎大军开到华阴东方的回谿，据险自守。面对的还不是玄汉大军，而是一支关中地方的起义军。起义军首领邓晔、于匡向官军展开攻击，九虎中六虎溃败，其中二虎逃回长安请罪、自杀，另四虎逃得不知去向，还剩三虎收集残兵败将，退保长安郊外的京师仓。

这一仗打完，关中地区南方门户（武关）大开。李松率领玄汉先锋部队三千人进入武关，与邓晔会师，合攻京师仓，不能攻克。于是兵分二路，绕过京师仓，进逼长安城下。

王莽再做困兽之斗，赦免监狱中的囚犯，发给他们武器，杀猪饮血，宣誓："若有不为新朝卖力者，神鬼降罪。"由王莽的岳父更始将军史谌领军。这支罪犯志愿军呼吸到自由空气，出了城，才过渭桥，即刻一哄而散，史谌空手而还。

起义军攻入长安城，长安城中年轻人也加入起义军，纵火焚烧工匠出入皇宫的便门，冲进未央宫。

王莽避火，一路逃到未央宫宣室前殿，他穿着绀（深青而泛赤）色衣服，手中拿着帝虞（舜）的匕首——当然是假的。王莽手执山寨版古代神器骗自己，身旁还带着天文郎（占卜官），为他找到了宫殿内最佳方位。王莽坐下，口中喃喃自语："天命在我，汉兵能拿我怎样?"（其实玄汉军就在城外。）

起义军杀进宣室殿，群臣簇拥王莽逃到渐台（水池中央的台阁），此时还有一千多人追随。起义军将渐台密密包围，台中守军的箭射完，起义军冲入，双方展开肉搏战。最后，三公大臣全部被杀，王莽当然也不能幸免，起义军一拥而上，将王莽的尸体割成了碎块——为了要分功劳。

王莽的人头被送到宛城，悬在街市示众。老百姓恨死了王莽，用棍子击打悬挂的人头，还有人割了他的舌头。

【原典精华】

崔发言：『古者国有大灾，则哭以厌之[1]。宜告天以求救！』莽乃率群臣至南郊，陈其符命本末[2]，仰天大哭，气尽，伏而叩头。诸生小民旦夕会哭，为设餐粥；甚悲哀者，除以为郎，郎至五千余人。

——《资治通鉴·汉纪三十一》

①《周礼》记载：国家有大难时，由女巫一面唱、一面哭，向上天哀告。

②向上天陈述他受到符命当皇帝的经过。

【原典精华】

莽赦城中囚徒,皆授兵,杀豨,饮其血,与誓曰:"有不为新室者[2],社鬼记之!"使更始将军史谌将之。渡渭桥,皆散走,谌空还。

——《资治通鉴·汉纪三十一》

① 豨:猪。饮猪血盟誓。
② 新室:新朝皇室。

四三 刘秀"出柙"

天下人心思汉，各路义军都打着玄汉的旗号，奉更始正朔。但是，王莽灭亡了，玄汉朝廷直属的军队将领却被自己劫掠来的财宝腐化。最传神的一幕，是更始皇帝刘玄接见出征回朝的将领时，劈头第一句话居然是："这次出征，劫掠所得几何？"

玄汉灭了王莽，当时已经得到天下人心认同，可是刘玄的格局太小，却让天下复归混乱。齐地最大一支起义军赤眉的首领樊崇，带着二十多位头领前往洛阳，刘玄将他们都封为侯爵，可是又都没有封邑。消息传到根据地，留在原地的部众开始有人背叛，因此樊崇等遂从洛阳逃回齐地，成为玄汉的对头。

玄汉诸将中，唯一作风迥异的是刘秀，他真的堪称一枝独"秀"。

王莽死后，玄汉帝国大将王匡（新市兵）攻陷洛阳，生擒了新朝太师王匡（两人同名，王匡擒王匡，妙哉）。更始皇帝刘玄决定迁都，由宛城迁去洛阳，任命刘秀为司隶校尉，派他去洛阳修缮宫殿与官府。

刘秀依照故汉朝的典章制度，组成自己的司隶（首都卫戍）总部，设官任职，用正式公文行令所属郡县。

当时，三辅（大长安）官员派出代表到洛阳去迎接更始皇帝，以示输诚。一路上看见义军将领没有头盔、冠帽，只用布巾包头，身上衣服如妇人一般，都掩口偷笑。等到了洛阳，看见司隶校尉属下的官员作为，激动得难以克制情绪，一些年纪较大的官吏，甚至感动到流泪，说："没想到今天又见到大汉帝国的官员威仪！"

从此，有见识的人都心向刘秀。

刘秀自从老哥刘縯被杀后，表面十分平静，但每逢单独自处，都不吃酒肉（以示哀悼），枕席间常留下泪痕。他如此谨慎，才让刘玄对他比较放心，才能保住性命等待机会出现。

刘玄考虑派谁担任前往河北（黄河以北）的招降宣抚大员，大司徒刘赐建议："只有刘秀能胜任。"平林军将领反对，刘玄狐疑不决，经刘赐大力劝说，刘玄才任命刘秀"行大司马事"，以皇帝使节身份，宣抚河北各郡。

大司马主簿冯异向刘秀提出建议："更始为政混乱，人民无所依靠。人饥渴太久，就会饥不择食。阁下眼前有那么大一片土地可以挥洒，应该派遣官属，在各郡县实施善政。"刘秀采纳他的建议，所经郡县，考察官吏政绩，奖励有功，惩罚有罪，公平审理司法诉讼。官民一片欢腾，争相带着牛肉与美酒前往劳军，刘秀一概不接受招待。

脱离了更始控制的刘秀，有如猛虎出柙，天地无限宽广。

【原典精华】

时三辅吏士东迎更始,见诸将过,皆冠帻[1]而服妇人衣,莫不笑之;及见司隶僚属,皆欢喜不自胜,老吏或垂涕曰:"不图今日复见汉官威仪!"由是识者皆属心焉。

——《资治通鉴·汉纪三十一》

---

[1] 帻:音"则",裹头发的布巾。冠帻:头上用布巾包住。

光复汉室

方今海内淆乱,人思明君,犹赤子之慕慈母。古之兴者在德厚薄,不以大小也!

——邓禹对刘秀说

四四 人才来归

冯异是投奔刘秀的第一个人才。

昆阳大捷之后,刘秀进略父城不克,大军驻屯巾车乡。当时担任颍川郡掾(职司监察)的冯异巡视所属五县时,被刘秀部队生擒。

冯异对刘秀说:"我的母亲住在父城,若能放我回去,我愿意献上五城,以报恩德。"刘秀就放了他。

冯异回到父城,对县长苗萌说:"玄汉诸将一个比一个粗暴且横行,只有刘秀,所到之处从不虏掠。看他的言语举止,不是凡庸之辈。"言下之意,此人必成大器。苗萌听懂了,两人率同五县,向刘秀投诚。

第二位是刘秀的南阳同乡邓禹,他从家乡出发不辞跋涉投奔刘秀,可是刘秀受命宣抚河北诸郡县,不在一个地方待太久。邓禹一路步行追赶,终于在邺城追到,晋见刘秀。

刘秀对邓禹说:"我得到授权可以封爵任官,先生远道而来,是有意入仕吗?"

邓禹说:"我不想做官。"

刘秀:"那你想要什么?"

邓禹:"希望阁下能成为天下之主,而我能在你属下效尺寸之力,让我得以名留青史。"

邓禹建议刘秀:"王莽虽灭亡,山东(崤山以东)尚未平定,赤眉、青犊等势力都拥兵数以万计。更始皇帝刘玄只不过是个庸俗人物,又没有主见,诸将也是庸碌之辈,因时运而发达,全都只会争权夺利,求一时之快活,完全没有想要安邦定国,解决人民苦痛。但阁下跟他们不一样,你立过盛大功劳,受到天下人的敬佩。如今更拥有名分与授权来招揽河北英雄豪杰,完全有条件可以建立高祖一样的功业,拯救人民于水深火热之中。以阁下的英明,不难统一天下。"刘秀对邓禹至为信任,要他住在自己帐中,所有重大决策,或交付将领、使节任务,大都征询邓禹意见。事后证明,邓禹的判断都很正确。

"云台二十八将",邓禹名列第一,冯异名列第七。

【原典精华】

异归,谓父城长苗萌曰:"诸将多暴横,独刘将军所到不虏略,观其言语举止,非庸人也!"遂与萌率五县以降。

——《资治通鉴·汉纪三十一》

【原典精华】

南阳邓禹杖策追秀[1]，及于邺。

秀曰："我得专封拜[2]，生远来，宁欲仕乎？"

禹曰："不愿也。"

秀曰："即如是，何欲为？"

禹曰："但愿明公威德加于四海，禹得效其尺寸，垂功名于竹帛耳！"

——《资治通鉴·汉纪三十一》

---

[1] 杖策：拄着木杖，意指跋涉山水。
[2] 专：得到皇帝授权。专封拜：有权可以封爵拜官。

四五 北道主人

乱世是冒险家的天堂，也是投机者的乐园。相对于冯异、邓禹等人，另有一位投机者刘林，他是一位刘姓皇族，赵王刘元的儿子（刘元是汉景帝七代孙，因犯罪而问斩），在邯郸（故赵国都城）进见刘秀，提出大胆军事建议："黄河自列人（河北省肥乡县东北）向北流，赤眉军在河水东边。如果在列人决开河堤，赤眉军就成了鱼鳖了。"

若削平赤眉，刘秀就跟当年韩信一样，先平定河北，再平定山东，乃能拥有天下三分之一。刘林的提议确实野心勃勃，可是刘秀没有采纳，因为决开黄河、淹没大军，在刘秀看来，太不人道。

刘林于是转向其他目标。当时有一位算命先生王郎，宣称自己是真正的刘子舆（刘子舆据说是汉成帝刘骜的儿子，传说没被赵飞燕害死，流落在民间，但始终没有得到证实），于是刘林结合赵国豪族李育、张参等，拥立"刘子舆"。他们四处放话"赤眉要渡河而来，并拥立刘子舆"，这个谣言居然反应良好。其实是老百姓人心思汉，赤眉只要拥立刘姓皇族，就不再被视为土匪。

于是刘林等率领骑兵与战车共数百人，在某一天早上进入邯郸城，接收赵王王宫，拥立"刘子舆"（王郎）为汉天子，然后传檄河北州郡，赵国以北、辽东以西都望风响应。

王郎成为刘秀在河北的大敌，暂时按下不表，刘秀这边又来了一位少年英雄耿弇。

耿弇是上谷太守（从西汉到新莽）耿况的儿子，更始皇帝派使者去上谷，正式发表耿况为上谷太守，耿况派耿弇去长安（更始政权当时已经迁都长安）复命。

耿弇当时二十一岁，路上得到刘子舆称帝的消息，随从官员孙仓、卫包对他说："刘子舆是成帝的正统，我们为何舍刘子舆而就刘玄，舍近而求远？"

耿弇手按剑柄，对他俩说："那个王郎不过一个盗贼，终必投降成为俘虏。我去长安复命回来后，发动兵马，突击那批盗贼，必如摧枯拉朽一般。你们两位认不清对象，只怕保不住族人喽！"孙仓、卫包悄悄逃走，投奔王郎。

这一番对话，看出两个要点：第一，更始皇帝刘玄（玄汉政权）虽然拿下洛阳、长安，杀了王莽，但是不得人心。第二，由于人心思汉，对刘玄失望后，乃转向一个山寨货色王郎，只因他宣称是汉成帝亲骨肉，而这种心理还非常普遍。

耿弇失去了随从官，正感彷徨，听说玄汉大司马刘秀正在卢奴（河北定州市），乃就近北上进见。刘秀留他下来，担任长史，一同向北到了蓟城（北京市大兴区）。

这时，王郎（刘子舆）的宣抚文告也到了蓟城，悬赏十万户收买刘秀人头。一来是"汉室正统"的号召力，二来是十万户采邑诱惑太大，三来是玄汉不得人心。因此，当刘秀派属下王霸到蓟城街上招募军队时，反而遭到街上人们的讪笑，王霸羞愧而回。

刘秀遭此挫折，打算向南折返长安。耿弇说："我们从南边来，不能向南走回头路，否则军心无法维持。渔阳太守彭宠是阁下南阳同乡，上谷太守耿况是家父，这两郡有十万骑射部队，邯郸（王郎）哪是对手。"

刘秀的幕僚、亲信都是南边来的，不想去北边（渔阳、上谷是边塞郡），一致反对，说："我们即使战死，脑袋也要朝向南方，为什么要向北落入他人囊中？"

刘秀指着耿弇说："他就是我的'北道主人'！"

【原典精华】

秀留署长史,与俱北至蓟。王郎移檄购秀十万户,秀令功曹令史颍川王霸至市中募人击王郎,市人皆大笑,举手邪揄[1]之,霸惭慷而反。[2]

秀将南归,耿弇曰:"今兵从南方来,不可南行。渔阳太守彭宠,公之邑人;上谷太守,即弇父也。发此两郡控弦万骑,邯郸不足虑也。"

秀官属腹心皆不肯,曰:"死尚南首[3],奈何北行入囊中?"

秀指弇曰:"是我北道主人也。"

——《资治通鉴·汉纪三十一》

①邪揄:揶揄,讪笑。
②慷:也是惭愧的意思
③南首:朝向南方。

四六 丧家之犬

刘秀决定要向北转进,尚未出发,蓟城却已生变。

另一位刘姓皇族刘接,是故西汉广阳王刘嘉(汉武帝五世孙)的儿子,他响应"刘子舆",在蓟城发动群众,四处放话"邯郸的使者已经抵达,二千石(太守)以下都已出迎"。一时全城骚动,生怕刘秀(玄汉的使者)留在城中,会给居民带来危险。

刘秀得到警告,慌忙离开驿所,奔到南门,城门已闭。只好向守城部队发动攻击,得以逃出。不分昼夜往南奔驰,不敢进入城邑,只敢在路旁进餐。天寒地冻,刘秀只吃到过一次热食,是冯异不知打哪弄来的豆粥。

逃到饶阳(距蓟城已一百八十公里),人马饥寒交迫,已经无力再奔驰。刘秀决定冒险一试,自称是邯郸使者(王郎派出的使节),堂而皇之叫开城门,住进驿所,吩咐驿所人员安排饮食。

这一群"使者"见了食物,像流浪汉一般争抢,完全不成体统。驿所人员起了疑心,于是暗中教人擂鼓数十通,然后高声通报:"邯郸将军(王郎的军队)到!"

所有人顿时大惊失色,刘秀也慌忙上车。正要驱车奔逃,再想想,人在城内反正逃不出去,于是从容还座,传话:"请邯郸将军入见。"这才证明是虚惊一场。一行在饶阳休息够了,才离开。

一路上不断有传闻"王郎追兵快到了",队伍陷入恐慌。接近滹沱河时,探马回报:"河水漂满浮冰,船不能行,无法渡过。"

刘秀派王霸前往查看状况。王霸担心这个消息会使得逃亡队伍一哄而散,因此回报:"河冰已经合凌,冰面坚硬,车马可过。"从者听了都很高兴。

刘秀说:"真是的,探马也不弄清楚情况。"

于是人马继续往滹沱河前进。到了河边,嘿,河冰还真"合凌"了。人马渡河,还剩最后数骑未渡过,合凌的冰层又裂开了——真是命大福大!

过了滹沱河,追兵被流冰隔绝不能渡,总算暂时安全,但刘秀仍不知该往哪里去。走到下博城西,刘秀遇到一位白衣老人,手指一个方向,说:"继续努力!往此去八十里就是信都郡,信都城仍然打着长安(玄汉)旗号。"

这时候,黄河以北各郡国大都归附王郎,只有信都太守任光与和戎太守邳彤仍站在玄汉这一边。任光是南阳人,他正担忧孤城无以抵抗王郎,刚好刘秀抵达,大喜!全城官民也高喊万岁。

邳彤从和戎赶来，共商大计。与会者多半主张，以信都兵力护送大家回长安。邳彤力排众议说："人心思汉已久，所以更始皇帝高举旗号，就得到天下响应，关中人民争相迎接。如今王郎只是一个算命先生，假称有皇家血统，一时骗到了燕、赵之地，但其实他的基础并不稳固。阁下若动员二郡之兵讨伐之，哪有可能消灭不了他！不此之图，只求逃回长安，不但平白失去河北，甚至会连带惊动关中，肯定不是好计策！更何况，阁下若无心在河北打拼，一旦西行，邯郸（王郎）立即掌握全部河北地区。阁下怎么可能期待信都军队愿意抛下父母妻子，跋涉千里，送你回长安呢？"

刘秀采纳邳彤意见，决定留在河北奋斗，可是以二郡兵力想对抗王郎，实在太弱，因而想要与"城头子路"、"力子都"联合。

"城头子路"的首领是爰曾，在黄河、济水一带劫掠，有部众二十万人；"力子都"部众则有六七万人。两者都是当时声势浩大的起义团体，尚未自称"将军"，也未有旗号。

任光反对与流寇联合，在二郡招募精兵四千余人，又有刘植（数千人）、耿纯（二千余人）等来归，部众达到数万，且相对有组织。刘秀结了一个政治婚姻，娶真定王刘杨的外甥女郭圣通为夫人，刘杨原本是王郎的支持者，因为结了姻亲，倒戈支持刘秀，形势乃逐渐逆转，接连击败王郎军队。

直到这时候，刘秀才有时间思考战略。

有一次他对着地图凝视，问邓禹说："天下郡国这么多，我今天才仅仅掌握这么一丁点地盘,而你之前说我必定能得天下,凭什么这么说?"

邓禹说:"天下大乱,人民渴望出现英明的君主,犹如婴儿渴望慈母一般。你问我凭什么,我告诉你,古时候凡是在乱世中兴起的英雄,都是凭借他的德行,不在于他的地盘大小。"

【原典精华】

至饶阳,官属皆乏食。秀乃自称邯郸使者,入传舍,传吏方进食,从者饥,争夺之。传吏疑其伪,乃椎鼓数十通,绐言¹"邯郸将军至";官属皆失色。秀升车欲驰,既而惧不免,徐还坐,曰:"请邯郸将军入。"久,乃驾去。

——《资治通鉴·汉纪三十一》

① 绐:同"诒",欺骗。

㊼ 败部复活

刘秀从蓟城仓皇遁走时,队伍往南奔,耿弇则往北回到上谷。

不久,王郎派出的将领也北上到了上谷、渔阳一带,恩威并施、招募兵马,沿边郡县多数打算接受王郎的招降。

上谷郡功曹寇恂、门下掾闵业向太守耿况建议:"邯郸(王郎)突然崛起,摸不清他的实力,也难说他暴起会不会暴落。而刘秀是刘縯的亲兄弟,礼贤下士,值得归附。"

耿况态度犹豫,说:"邯郸的气势正盛,我们以一个郡恐怕无法抵抗,该怎么办?"

寇恂说:"上谷郡兵精粮足,有骑射部队一万人,绝对有实力选择自己的前途。我自愿向东前往渔阳,说服渔阳太守彭宠,二郡齐心合力,邯郸不是我们对手。"于是寇恂前往渔阳,提出"二郡各出突骑二千、步兵一千",南下支援刘秀。

渔阳那边,也出现类似局面:安乐县令吴汉、护军盖延、狐奴县令王梁建议彭宠加入刘秀,但其他官员都倾向王郎,彭宠一时难以决定。等到寇恂前来游说,彭宠立即决定,派出步骑兵三千人,由吴汉领军南下。

寇恂回到上谷,与耿弇一同率军南下,和渔阳军队会合后,长驱而南,一路过关斩将,攻下蓟城、涿郡、中山、巨鹿、清河、河涧等二十二座县城。

二郡联军到了广阿,探马回报"城内车骑甚众",急忙停下戒备,向乡人打听:"城里是什么军队?"听到回答说是"大司马刘秀的军队",大为兴奋,乃直趋城下。

城里也很紧张,因为一直有谣传说北方二郡已投靠王郎,将攻击广阿。等军队到了城下,刘秀亲自登上西城楼,询问来意,耿弇下马拜见,刘秀立即请他入城。

耿弇说明经过之后,刘秀再请全体将领进城。

刘秀笑着说:"邯郸方面一再放话'已征调渔阳、上谷军队',我回应说'我们也征调二郡兵马来援',没想到二郡果真来援助我,我将与各位共享功名。"任命二郡将领皆为偏将军,封耿况、彭宠为侯。

上谷、渔阳二郡是边塞重镇,一直维持着称为"突骑"的精锐骑兵,二郡兵马一旦投入,立即在南栾痛击王郎军。刘秀赞赏说:"一向听说北边二郡的突骑是天下精锐,今天亲眼看见,令人振奋。"

战况扭转,刘秀的生力军攻势凌厉,王郎军队退守钜鹿,死守城池,刘秀久攻不下。

耿纯此时提出一个釜底抽薪的战略:"我们困在钜鹿城下,官兵疲惫,不如以精锐部队直接进攻邯郸。一旦王郎伏诛,钜鹿不必攻打，自然降服。"

刘秀采纳这个战略，留下将军邓满继续攻城，牵制钜鹿军队。自己带着主力大军，直攻邯郸，接连痛击邯郸守军。王郎支持不住，乃派出谏大夫杜威，向刘秀请降。

杜威在刘秀面前，仍力持"刘子舆真的是汉成帝遗孤"的说法。刘秀此时胜券在握，对杜威不客气地说："即使成帝复生，也不可能再当天子，何况那个山寨货刘子舆。"

杜威仍不放弃，请求封刘子舆为万户侯。刘秀说："饶他不死，应该够了吧！"杜威大怒而去。

刘秀加紧进攻邯郸，王郎政权的少傅李立打开城门，迎接汉军，于是邯郸城陷落。王郎趁夜逃出，被王霸追捕，斩首。

刘秀进入王郎宫中，检视政府档案，发现有己方官员、人民与王郎私通的信件，竟达数千封之多。内容包括向王郎表态效忠，以及毁谤刘秀。

换作其他人，只怕要一一核对，查明属实后，加以报复。可是刘秀完全不追究，他召集全体将领，公开烧毁这些书信，说："那些担心事发、翻来覆去睡不着觉的人可以安心了。"

【原典精华】

秀收郎文书,得吏民与郎交关[1]谤毁者数千章。秀不省,会诸将军烧之,曰:『令反侧[2]子自安!』

——《资治通鉴·汉纪三十一》

①交关:套交情。
②反侧:辗转反侧,难以入睡。

(四八) 人心思莽

刘秀消灭了王郎，掌握河北一大块地盘，他又是昆阳大捷第一功臣，玄汉能得天下，那一役至关重要。更始皇帝刘玄面对如此一位战功赫赫的大司马，又与他有杀兄（刘縯）之仇，当然感到芒刺在背，一定得想办法处理。

而刘秀也心知肚明，刘玄一定会对他来阴的，因此格外谨言慎行，提防身边有更始密探。

护军朱祐对刘秀说："长安（玄汉）的施政乱到极点，阁下有'日角'之相，上应天命啊！"刘秀吩咐左右："召刺奸将军（掌军法）来，逮捕护军。"

尽管刘秀谨言慎行，刘玄仍然出手了。长安的使节到了邯郸，宣诏封刘秀为萧王，下属河北军队全数解甲归田，萧王与诸将全部都回长安享福。另外派人担任幽州牧、上谷太守、渔阳太守。

刘秀心想"果然来了"，但是他不动声色，做出准备奉诏去长安享清福的样子，连白天都在温明殿睡觉。

耿弇闯进温明殿，直冲卧榻前请求单独谈话，说："部队死伤人数太多，请让我回上谷补充。"——耿弇也在试探刘秀。

刘秀说："王郎已灭，河北大致平定，哪还需要增兵？"

耿弇说："王郎虽灭，天下混战却才开始。铜马、赤眉这类集团还有数十个，每个都有数十、数百万人，当者披靡。长安的天子没有能力对付，不久就会溃败。"

刘秀从榻上跳起来，说："你口出叛逆之语，我只好下令斩你。"

耿弇说："大王厚待我，情同父子，所以才敢掏出赤心讲真话。"

刘秀说："方才是开玩笑，你说一下为何长安撑不久。"

耿弇说："天下百姓因王莽而受苦，于是人心思汉，听说汉兵起义，就像脱离虎口重回慈母怀抱。如今刘玄为天子，山东诸将各自割据一方，朝中贵戚却在关中大肆搜刮，老百姓的内心泣血，反而怀念起王莽时代！所以我知道更始必败。阁下的战功彪炳，威名远播，只要以仁义为号召，天下就可以传檄而定。治理天下这个最重的任务，阁下应该自己承担下来，不能让他人得去！"

刘秀听了，上奏更始皇帝，力陈河北尚未完全平定，还不能回长安享福。至此，刘秀终于明白表态，不接受长安节制。

【原典精华】

弇曰：「百姓患苦王莽，复思刘氏，闻汉兵起，莫不欢喜，如去虎口得归慈母。今更始为天子，而诸将擅命于山东，贵戚纵横于都内，虏掠自恣，元元[1]叩心[2]，更思莽朝，是以知其必败也。公功名已著，以义征伐，天下可传檄而定也。天下至重，公可自取，毋令他姓得之。」

——《资治通鉴·汉纪三十一》

① 元元：老百姓。
② 叩：用手捶打。叩心：犹言"捶心肝"，表示悲痛。

四九 推心置腹

刘秀与更始皇帝刘玄这下等于公开决裂了,所以,他不必再假装享清福,也没有余裕再白天睡觉。为了壮大实力,为了强固根据地,刘秀征召幽州十郡的突骑部队。刘玄派去的幽州牧苗曾下令各郡不予理会,被吴汉率二十余名骑兵逮捕,当场斩首。另一位刘玄派去的上谷太守则被耿弇逮捕并处决。于是各郡震动,无不听命。

军队充实以后,刘秀开始扫荡起义军集团。当时河北地区的起义军集团很多,包括铜马、大肜、高湖、重连、铁胫、大枪、尤来、上江、青犊、五校、五楼、五幡、富平、获索等。他们的名称不是地名,就是一些象征勇壮的事物。可由此推测他们眼界不高,因而只能成为土匪,而不能争胜天下。

刘秀首先将目标指向最强大的铜马,双方对峙数日,铜马的粮食已尽,趁夜遁逃。刘秀纵兵追击,铜马大败,投降。

正在受降时,另两支起义军高湖与重连突然由东方攻来,会合尚未投降的铜马军。刘秀再发动攻击,一一击破,起义军全部投降。

刘秀封这些起义军的头目为侯，以收编其兵力。但是刘秀麾下诸将不信任这些"盗贼"，投降者也感受到未获信任而内心不安，气氛紧绷，随时可能爆发冲突。

刘秀察觉到这种情绪，乃下令投降部队各自回到军营，武装备战。自己则带领少数随从到各军营巡视，以示信任。

投降者相互传话："萧王将他的一颗赤心放到我们的肚腹内，怎能不教我们为他效死？"全都心悦诚服。于是，刘秀拥有了数十万军队。

原本声势最大的赤眉军与刘秀隔着黄河，这下子也感受到压力。赤眉的一支与青犊、上江、大肜、铁胫、五幡组成联军，约有十余万之众，在射犬集结，被刘秀击破。刘秀于是进军河内，河内太守韩歆投降。赤眉受到刘秀势力急速膨胀的压力，刘秀"驱狼赶虎"的情势已具。

【原典精华】

（刘秀）封其渠帅[1]为列侯。诸将未能信贼，降者亦不自安；王知其意，敕[2]令降者各归营勒兵，自乘轻骑按行部阵[3]。降者更相语曰："萧王推赤心置人腹中，安得不投死乎！"由是皆服，悉以降人分配诸将，众遂数十万。

——《资治通鉴·汉纪三十一》

①渠帅：首领。
②敕：刘秀当时的称号是"萧王"，其命令用"敕"。
③按行：校阅。

(五十) 驱狼赶虎

刘秀消灭王郎、收降铜马之后，依当时态势看来，势必与东方的赤眉有所冲突。可是赤眉内部，此时却出现了变化。

赤眉军首领樊崇不是一号大格局人物，之前他有意投效玄汉，由于发现更始帝刘玄格局也不大，因此逃回齐地。如今他为了部众太多而烦恼，将部众分成两支，自己带领一支，由徐宣、谢禄、杨音率领另一支。赤眉军虽然对上官兵屡战屡胜，但由于缺乏中心思想，没有共同目标，且成员基本上都是农民，对于重复无休止的战斗，与刀头舐血的日子感到厌倦，军中弥漫严重的思乡病，士兵日夜愁泣，想要回到东方。

樊崇与其他头领商议，认为一旦回到东方，军队肯定一哄而散，各自回乡，那样大伙都将身陷险境，不如向西攻向长安。大军有了目标，反而心意一致，两路大军分别穿过武关、陆浑关攻向长安。

更始帝刘玄下令王匡（新市兵）、成丹（下江兵）驻防河东，抗威将军刘均驻防弘农，堵截赤眉。

刘秀研判形势，认为赤眉必定攻破长安，于是决定两路作战：主力由他本人带领，扫荡北方燕赵地区；同时派出特遣军由邓禹率领，配合赤眉西进，然后借着赤眉破长安，顺势并吞关中。这一计叫做驱狼赶虎，邓禹的进军路线，有减轻赤眉侧翼威胁的作用，也就是包围河东郡（郡治安邑县）牵制王匡、成丹的军队。

赤眉两路大军在弘农会师，以一万人为一营，共三十营。第一仗痛击玄汉讨难将军苏茂，接着与玄汉丞相李松决战，李松大败，三万余人被歼灭，赤眉推进到湖县。

邓禹的部队"围点打援"，包围安邑数月之后，击斩来攻的玄汉大将军樊参。王匡、成丹与刘均集结十余万大军攻向邓禹，邓禹败退。但王匡等却因隔天刚好是"癸亥"，也就是干支最后一天（当时五行是主流思想，认为那一天是"六甲穷日"），诸事不宜，乃不乘胜追击——结果，邓禹因此逃过了"穷日"。

隔天是甲子日，诸事大吉，王匡全军出动。邓禹下令军队不准做任何反应，等到敌方大军逼近营垒时，邓禹才下令战鼓雷鸣，全军反扑，大破玄汉兵团，斩刘均及河东太守杨宝，王匡等逃回长安，河东乃完全置于邓禹控制之下。

西战场完全依照刘秀的设想进行，可是刘秀自己在河北战场却险遭不测。

刘秀向北扫荡尤来、大枪、五幡等团体，一路连战皆捷，却因胜利来得太容易而轻率深入，遭敌军反扑，大败。刘秀逃到没路了，心一横，跳下悬崖，幸而不死。又恰好遇到一名突骑军官，将坐骑让给刘秀，才得脱险。

军队败退到范阳，停下整顿，才发现刘秀失踪。军中迅速传出谣言，说刘秀已经阵亡，将领们一时惊惶失措，不知如何是好。此时只有吴汉力持镇定，对将领们说："我们不可因此怀忧丧志，大王的哥哥（刘縯）还有儿子在南阳，我等何必忧虑没有主人！"等到刘秀回到营地，军心才告稳定，而此时军中开始流传："古人说'王者不死'，大王应该是天子命吧！"

尤来等团体虽然战胜，但慑于刘秀威名，不敢追击，反而趁夜遁去。刘秀再追击，连续击败起义军，可是起义军因溃散而成了流寇，边打边抢，行动飘忽不定，难以捕捉。刘秀于是采纳强弩将军陈俊的建议，派出快马，跑在流寇前面，教人民坚守村庄壁垒，若村民无力防守，则先将村中财物、粮食抢走。果然，"流寇"抢不到粮秣，逐渐溃散。刘秀称赞陈俊："这全都是你的功劳。"

然而，这却是老百姓的悲哀：流寇来，洗劫一空；号称仁义之师来，同样洗劫一空。刘秀赢了，但百姓却输光了。

【原典精华】

王匡、成丹、刘均合军十余万,复共击禹,禹军不利。明日,癸亥,匡等以六甲穷日,不出,禹因得更治兵[1]。甲子,匡悉军出攻禹,禹令军中毋得妄动,既至营下,因传发诸将,鼓而并进,大破之。

——《资治通鉴·汉纪三十二》

[1] 更:重新。治:整顿。更治兵:重新整顿军队。

五一 刘秀称帝

两路大军西征北讨都大有斩获,其先决条件是前线供输从不匮乏,幕后功臣则是刘秀口中的"吾之萧何"寇恂。

刘秀任命寇恂为河内太守,镇守大本营河内郡(今河南武陟),并对他说:"从前,刘邦把关中交给萧何;而今,我把河内交给你。盼望供应不绝,兵源不缺,同时为我防御南方,不许他们(洛阳一带的玄汉军队)向北渡过黄河。"

刘秀同时任命冯异为孟津将军,统一调度魏郡与河内兵力,沿黄河布防,盯紧洛阳。

冯异,就是当初说服五城军民投效刘秀的那位。击败王郎之后,刘秀将军队重做调整,新收编的(王郎)军队,都表示愿意编入"大树将军"麾下。大树将军就是冯异的绰号。他个性谦让,从不逞强。每攻下一个地方,将领们总是相聚一起,大吹大擂自己的功劳;只有冯异,独自坐在树荫底下,不参与"吹牛大赛",所以军中都称他大树将军。

寇恂果然是刘秀的"萧何",在河内征集粮秣、制造武器,供应前方,大军推进得再远也从不匮乏。冯异呢?他不止防守黄河，更建立奇功，与寇恂一同收拾了河南的玄汉军。

当时黄河南岸的玄汉将领包括：朱鲔、李轶、田立、陈侨，号称有三十万精兵。其中李轶当初与刘縯、刘秀兄弟一同起兵，可是他后来却参与刘玄杀害刘縯的阴谋。

冯异写信给李轶，分析祸福利害，劝他归降。李轶看出更始败象已露，可是不敢相信刘秀不会报复，于是回信给冯异，说："如今我镇守洛阳，将军镇守孟津，分别据于战略要地。这是千载难逢的机会，咱俩若能同心，其利断金。请阁下转报萧王，我有帮他安民定邦的策略。"

双方交换书信之后，李轶不再跟冯异争锋，黄河两岸无冲突。于是冯异得以北攻天井关，攻拔上党郡的两座县城，又南下攻取河南郡所属成皋以东十三个县，收降十余万玄汉军队。玄汉将领武勃率万余人来攻，被冯异痛击，当阵斩首，而李轶却闭门不救。

冯异见书信有效，遂向刘秀报告。刘秀回复："李轶此人，诡诈多端，单凭书信看不透他的心里在想什么。你可以将他的来信抄送各郡守、尉等所有负责守备的将领。"

收到信的人都感觉奇怪，为什么萧王要泄露秘密书信。但不久就揭晓了：朱鲔得到情报，派人刺杀李轶。从此，玄汉军在洛阳地区的诸将相互猜忌，不时有人投降。

朱鲔为此担心，决定趁对手空虚，渡河攻击河内郡。

寇恂闻报，立即动员应战，并通知各县发兵，到温城会师。幕僚建议等各县军队集结后再出击，寇恂说："温城是本郡的险要，若失去温城，郡治肯定守不住。"下令急行军赴战。

隔天，寇恂到了温城，冯异派来的援兵与各县军队也及时报到会师。寇恂下令部队在城上鼓噪，大喊："刘公（刘秀）大军赶到！"来犯敌军为之阵脚松动，寇恂抓住时机，下令冲锋，敌将苏茂溃败撤退。

冯异也渡过黄河，攻击朱鲔主力，朱鲔败走。寇恂与冯异一路追击到洛阳，绕城一周展示军威后收兵。从此，洛阳白天紧闭城门，不再构成威胁。

冯异、寇恂呈报战果，前线诸将纷纷向刘秀祝贺，并拍马屁请刘秀称帝，刘秀予以否决。

刘秀领军继续北伐，一路扫荡到北方边界，起义军残众进入辽西、辽东，被乌桓、貊抄击殆尽。将领们再劝进（刘秀称帝），刘秀仍不同意。

班师途中，将领再敦促刘秀即位称帝，刘秀仍不答应。耿纯进言："天下英雄豪杰抛弃他们的亲人、土地，追随大王征战四方，为的就是能够攀龙鳞、附凤翼，成就一番事业。如今大王拖延时日，违背众意，迟迟不决定称帝，我担心士大夫因为期待落空（主子不称帝，部下就不能裂土封侯），会产生不如归去的念头，不愿再留下来吃苦打拼。要知道，人马一散，可就难以再聚集喽！"

最后，将领们第四度劝进，刘秀乃称帝，建立政权，史称东汉（亦称后汉）。

【原典精华】

萧王谓恂曰："昔高祖留萧何关中，吾今委公以河内，当给足军粮，率厉士马，防遏他兵，勿令北渡而已！"

——《资治通鉴·汉纪三十一》

【原典精华】

异见其信效,具以白王。王报异曰:"季文[1]多诈,人不能得其要领[2]。今移其书告守、尉当警备者。"众皆怪王宣露轶书。朱鲔闻之,使人刺杀轶,由是城中乖离,多有降者。

——《资治通鉴·汉纪三十二》

① 季文:李轶字季文。
② 得其要领:听人说话能够掌握意思。

㊥㊁ 刘玄末日

刘秀在河南称帝的同时,关中发生了巨大变化。赤眉大军进入关中,玄汉军一再败绩,还受到邓禹军队的牵制,两面作战使得玄汉政权岌岌可危。

玄汉政权的淮阳王张卬(下江兵)眼看大势已去,与原下江兵将领们商议:"赤眉军随时都会兵临城下,灭亡就在眼前,与其一同陪葬,不如将长安大肆劫掠一番,逃回南阳家乡。如果仍然活不下去,了不起再入江湖当土匪吧!"于是一同入见更始皇帝刘玄。刘玄满脸铁青,不回应,诸将乃不敢再提。

从这一幕可以看出,玄汉政权始终不脱土匪本质,仍然是"绿林好汉"的集合。

张卬等诸将退下后,阴谋借立秋祭典时,劫持刘玄,然后大掠长安,逃回南阳。但事迹不密,被刘玄得到消息,秋祭时辰到了,他称病不出,反而召张卬等入宫,准备将之一网打尽。

张卬等进了皇宫,感觉气氛不对,立即突围出皇宫,只有申屠建没跑，当场被杀。张卬等率众反攻皇宫，放火烧开宫门，杀进宫中，刘玄的禁卫军大败。

刘玄逃出长安，投奔赵萌（刘玄的姻亲）。此时刘玄疑心生暗鬼，对出身绿林的王匡（新市兵）、陈牧（平林兵）、成丹（下江兵）都不信任，欲将他们召来诛杀。陈牧、成丹先到，被杀；王匡闻讯率军回到长安，与张卬会合。

刘玄指挥赵萌，与丞相李松的军队会合，反攻长安。经过连月缠斗，王匡、张卬弃城逃走，投降赤眉。

赤眉大军进攻长安，李松出战，大败。李松的弟弟李况担任城门校尉，开城迎接赤眉，刘玄从厨城门逃走。

远在河南的刘秀下诏封刘玄为"淮阳王"，而赤眉拥立的"汉帝"刘盆子也下诏："刘玄如果投降，封长沙王。但若超过二十天，就不再接受投降。"于是刘玄出面向赤眉投降。

赤眉进了长安，军纪荡然，暴虐虏掠。三辅人民这下子转而又怀念起更始皇帝刘玄，对他当下的处境表示怜悯。张卬等担心留着刘玄迟早是个祸胎，于是下手将刘玄缢死，尸体趁夜埋葬，后来刘恭为他收尸，邓禹将他葬在霸陵。

【原典精华】

张印与诸将议曰:『赤眉旦暮且至,见[1]灭不久,不如掠长安,东归南阳。事若不集[2],复入湖池中为盗耳!』乃共入,说更始;更始怒不应,莫敢复言。

——《资治通鉴·汉纪三十二》

① 见:被。
② 集:此处做"市集"之"集"解。不集:买卖不成。

五三 刘盆子

赤眉拥立了一位汉帝刘盆子，这刘盆子是什么来历？

赤眉在山东起义的时候，抓了三兄弟，是刘姓皇族。樊崇去洛阳朝见刘玄时，带了三兄弟的大哥刘恭同往，刘玄封刘恭为式侯。樊崇逃回根据地，刘恭没有随之回去，留在关中当他的侯爷，前章为刘玄收尸的就是他。

赤眉入关，向长安挺进，到了华阴，有人向樊崇提出建议："将军拥有百万大军，向西朝都城进发，但却没有一个称号。不如拥戴一位刘姓皇族，诉求大义（人心思汉，姓刘的当皇帝就是复兴汉室，就是大义），以此号令天下，谁敢不从？"

军队推进到郑县（陕西华州区），长安在望，樊崇决定拥立一个皇帝，于是在百万大军中寻找刘章（昔诛灭诸吕时，最勇敢的那位刘姓皇族，齐地人民为他立庙）的后代，共七十余人，其中有三人与刘章的血缘最亲：刘恭的两个弟弟刘茂、刘盆子，另一位名刘孝。

樊崇采用抽签方式决定谁来当皇帝，置三个木筒，其中两个是空的，只有一个置入"上将军"纸条。兴建高台，祭祀刘章，所有三老、从事全部出席见证。三个人依年龄顺序开始抽签，大的先抽，刘盆子年纪最小，他却抽中了。

皇帝身份刹时决定，全体将领下拜称臣。刘盆子当时十五岁，披头散发、光着双脚、衣不蔽体，涨红脸、满头汗，看见平常耀武扬威的将领们竟然向他叩拜，吓得几乎哭出来。二哥刘茂嘱咐他："将抽到的纸条藏好！"刘盆子这才警觉，这张纸条正是令他惊恐的符咒，赶紧咬碎、扔掉。

刘盆子就这样由一个牧童成了皇帝。他压根儿不想当皇帝，可是命运由不得他拒绝，形势也由不得他拒绝。他怕得要死，日夜啼哭，左右侍者对他充满怜悯。

赤眉将领进了皇宫，却完全没个执政的样子。大哥刘恭看出赤眉迟早败亡，私下嘱咐刘盆子，准备交出玉玺，还教导他一番推让之辞。

建武二年正月初一早朝，刘恭首先发言，说："诸君拥立我的小弟为帝，恩深德厚。可是即位将近一年，局势混乱比从前更严重，可见他的能力不足以完成诸君的托付，即使死了也对大事没有帮助。恳请各位将军准许他退位成为平民，另外推举一位优秀人才！"

樊崇等道歉，说："这都是我们的错！"

刘盆子由龙椅上下来，并交出玉玺，向将领们叩头，说："当前的情况是，立了皇帝，也派了官吏，可是大家仍然像强盗一样行动，使得人民怨恨（人心由思汉而思莽，再思更始!),不再信任我们。这都是立天子立错了人,请求各位留我一条活路。但若要杀我以推卸责任,我也不敢推辞!"哭得一把眼泪、一把鼻涕。

樊崇等人面对一个哭得惨兮兮的小皇帝,对刘盆子既抱歉又怜恤,一个个离座叩头,说:"是我们不对,辜负陛下!从今以后,绝对不再肆意放纵了。"一同将刘盆子抱起来,将玉玺再挂回他身上。刘盆子号啕大哭,但是身不由己。

将领们各自回营,都紧闭营门,不许官兵外出。三辅的秩序突然大好,人民称颂天子英明,流亡在外的人争着回到长安,市面又恢复热闹。可是,这种情况只维持了二十多天,赤眉土匪军又故态复萌。

终于,长安城中粮食耗尽,赤眉军满载抢来的金银财宝,纵火焚烧宫殿、民宅,再进行一次彻底的抢劫,长安城顿成废墟,不见人踪,赤眉军则向西流窜。

在此之前,东汉的征西大军将领看见长安乱象,纷纷建议统帅邓禹出兵,可是邓禹一点也不急着进攻长安,反而向北略取上郡(陕西绥德县),并加强在控制区内征兵、囤积粮秣。光武帝刘秀一再写信催促他进兵,他都不为所动。

等到赤眉鸟兽散去以后,邓禹才将大军开进长安城,进谒高庙(刘邦),再将西汉十一位皇帝的牌位收齐,送往洛阳——以示东汉才是正统的"汉"。

【原典精华】

列盆子等三人居中立，以年次探札[1]，盆子最幼，后探，得符；诸将皆称臣，拜。盆子时年十五，被发徒跣[2]，敝衣赭汗，见众拜，恐畏欲啼。

茂谓曰：『善藏符！』盆子即啮折，弃之。

——《资治通鉴·汉纪三十二》

---

① 札：写了字的小木简。
② 跣：音"xiǎn"，赤足。

【原典精华】

盆子乃下床解玺绶，叩头曰："今设置县官而为贼如故，四方怨恨，不复信向，此皆立非其人所致。愿乞骸骨，避贤圣路！必欲杀盆子以塞责者，无所离死。"因涕泣嘘唏。

——《资治通鉴·汉纪三十二》

(五四) 赤眉投降

赤眉离开长安之后,四处流窜,遇到各割据势力都吃败仗,因为地方军为了保卫家园,莫不全力抵抗。可是邓禹遇到赤眉,反而连吃败仗,因为赤眉遇到东汉军时,生怕被赶尽杀绝,个个拼命。

赤眉先向西攻击陇右(今甘肃南部),被割据当地的隗嚣派将军杨广迎击,杨广大破赤眉,乘胜追击,连破两阵。赤眉退到阳城潘须口,天降大雪,山谷都被大雪填平,士卒很多冻死,于是向东转回三辅。经过长安郊外西汉诸帝的陵墓,发掘坟墓,挖取其中的陪葬宝物。

赤眉回转长安,邓禹派军出击,却被击败。邓禹败退到云阳,赤眉再入长安。

长安已残破,赤眉将领逢安率领大军向南攻击汉中,汉中一支起义军首领延岑迎战,大破赤眉,杀十余万人。

邓禹趁逢安大军出击,长安空虚,率军奇袭长安,恰好赤眉将领谢禄来救,邓禹战败,撤退。

总之,邓禹对赤眉的军事行动不顺利,关中地区包括三辅，到处都是拥兵自保的地方势力，邓禹束手无策。于是刘秀决定派冯异为征西大将军，替换邓禹。

刘秀对冯异说："三辅人民受到王莽、更始与赤眉连番为祸，人民涂炭，无处诉哀。将军此番前往征伐，务必保护投降部众与将领，将他们送来洛阳，辅导小民务农桑，让他们不要再聚众为乱。征伐的目的不在于略地屠城，而在于平乱安民。大军经过的地方，千万不要带给郡县痛苦。"

对此，邓禹引以为奇耻大辱，为了挽回颜面，不断驱使饥饿的士卒向赤眉发动攻击，但总是不利。没办法，遂带着车骑将军邓弘向南渡过黄河，要求冯异一同向赤眉发动总攻。

冯异提出他一路打来的经验，说："我与赤眉对阵数十日，虽然俘虏了他们好几名战将，可是他们兵众仍多，只宜以恩信引诱，很难力敌破之。皇上的战略是，以大军进驻渑池，阻截赤眉东归必经之路，由我打击对方的西面，可以一举解决，不留后患，这是万全的战略。"

确实，赤眉已成流寇，若是用"撵"的方法，即使一再打胜仗，也只会荼毒更多地方，前后夹击才能完全解决。

可是邓禹和邓弘不答应，自行出击。赤眉佯败，弃辎重而走，车内载着泥土，上面覆盖一层豆子。邓弘的军队已经饿很久，以为这些车子上都是满满的豆子，争相抢食，于是落入赤眉陷阱。赤眉军发动反攻，争食豆子的邓弘部队被击溃，冯异与邓禹合力救援，赤眉军稍稍退却。冯异建议休兵，邓禹不听，率军追击，大败，更连累冯异军团也溃乱。邓禹只剩二十四骑逃回宜阳，冯异收拾残部坚壁自守。

一个多月后，冯异再与赤眉决战。这一次，冯异埋下伏兵，伏兵换成赤眉服装混入敌阵，赤眉军在慌乱中难分敌我，阵脚溃乱，冯异给予重击，投降者共八万人。

刘秀以玺书慰劳冯异指出："将军之前虽然在回谿遭遇挫折，但是终于在渑池赢回来，称得上是'失之东隅，收之桑榆'。我正命令有关单位论功行赏，以报答你的大功劳。"

赤眉的残余部队向东溃逃，刘秀已经算准赤眉的窜逃路线，亲率大军在宜阳严阵以待。赤眉败众忽然面对大军，惊骇非常，不知该怎么办才好。

最后，公推刘恭为乞降代表，进见刘秀，说："若刘盆子率领百万部众向陛下投降，陛下将如何待他？"

刘秀说："我保证不杀他。"

刘恭回去，赤眉将领樊崇、逢安等商量了一天，再隔天，由刘盆子率领丞相徐宣以次三十余人，袒露臂膀向刘秀投降，将传国玉玺（王莽得自王政君，刘玄得自王莽，赤眉得自刘玄）献给刘秀。赤眉大军（当时尚有十余万人）交出武器、脱下甲胄，堆在宜阳城西，高度与熊耳山齐。

次日，刘秀在洛水畔大阅兵，命刘盆子君臣在旁观看。刘秀对赤眉实质领袖樊崇说："你们后不后悔投降啊！如果你们后悔，没关系，我现在放你们回营，重新武装，整理队伍，双方鸣鼓再战，一决胜负，我决不勉强你们投降。"

徐宣等跪下叩头说："我等自从出了长安城东都门，君臣就议决要归顺陛下。由于群众只能共享成果，难以商量大事，所以没有向群众宣布。今天得以归降陛下，好比脱离虎口，投入慈母怀抱，欢喜还来不及，怎么会后悔呢？"

流寇当中，居然有如此出口成章的人物，刘秀惊喜，对徐宣说："你真是人中之佼佼者。"

赤眉投降了，可是赤眉大军向东流窜后，关中地区却一时呈现权力真空，于是本地起义军各自据地，每个都自称将军，相互攻伐，物价疯涨，黄金一斤只能买到黄豆五升，百姓苦不堪言。

刘秀将冯异留在关中，收拾乱局，自己领军回到河南。冯异将大军推进到上林苑，关中起义者组成联军与他决战。冯异大破联军，将首领送去洛阳，命其他起义者回返家乡，各自回到本来的行业。（完全遵照光武帝指示处理。）

【原典精华】

帝降玺书劳异曰:"始虽垂翅回谿,终能奋翼渑池,可谓失之东隅,收之桑榆[1]。方论功赏,以答大勋。"

——《资治通鉴·汉纪三十三》

[1]东隅:早晨太阳在东边墙头。桑榆:傍晚太阳在西边桑、榆树梢。失之东隅,收之桑榆:早晨失去的,黄昏又得回。

【原典精华】

明旦,大陈兵马临雒水[1],令盆子君臣列而观之。

帝谓樊崇等曰:"得无悔降乎?朕今遣卿归营,勒兵鸣鼓相攻,决其胜负,不欲强相服也。"

徐宣等叩头曰:"臣等出长安东都门,君臣计议,归命圣德。百姓可与乐成,难与图始,故不告众耳。今日得降,犹去虎口归慈母,诚欢诚喜,无所恨也!"

帝曰:"卿所谓铁中铮铮,庸中佼佼者也。"

——《资治通鉴·汉纪三十三》

[1] 雒:同"洛"。

五五 有志者事竟成

原本齐地的最大起义集团是赤眉，赤眉西向进攻长安，势力真空很快就被琅邪郡（山东诸城）起义军首领张步填补。张步志不在小，所以之前一直没有加入赤眉，始终维持自己的独立性。

玄汉政权的琅邪郡太守王闳招降郡内起义军，只有张步拒不接受。王闳在招降六个县的起义军之后，集结兵力，进攻张步，但不能取胜。后来，玄汉政权的梁王刘永（根据地睢阳）自立称帝（国号也是"汉"），诏封张步为辅汉大将军。张步接受，以"辅汉"为号召，招兵买马，连陷数城，打得王闳无力招架。

王闳不忍让人民继续受战争之苦，决定停战，于是亲自到张步营中求见。张步大张旗鼓，展示盛大军容，气焰高张地对王闳说："我犯了什么罪，阁下之前如此相攻过甚？"

王闳一手按剑，说："我身为太守，奉朝廷之命治理地方，阁下却拥兵抗拒朝廷。我只是奉命剿匪，说什么过甚？"

张步闻言，向王闳致歉，留他下来宴饮，待为上宾，仍请王闳掌理郡内政务。

之后，刘秀在河北称帝，东汉的虎牙大将军盖延攻陷睢阳，刘永出亡。刘秀派太中大夫伏隆持节出使山东，招降名义上隶属刘永的各个割据势力。张步也派出代表，随伏隆前往洛阳输诚。刘秀擢升伏隆为光禄大夫，再派他出使张步，宣达任命张步为东莱太守。

可是，逃亡在外的"汉帝"刘永，却派出使节封张步为齐王。张步受到王爵的诱惑，一时不愿表态支持刘秀，也有向东汉索求"齐王"的意思。

伏隆对张步说："高祖曾立下规矩，非刘姓不封王。朝廷最多可以封你为年薪十万石的侯爵。"

张步当然不满意于"十万石侯"，要求伏隆留下来，跟他合作，一同割据青州、徐州。伏隆不同意，被张步扣留。

在此之前，伏隆已经派人送密奏给刘秀，分析张步要的是齐王之位，必定不可能归附。自己不惜一死，恳求刘秀照顾他的父母兄弟。

刘秀见到密奏，召见伏隆的父亲伏湛，拿密奏给他看，流着泪说："我恨不得立刻封张步为齐王，让伏隆生还。"

最终，刘秀并未封张步为齐王，伏隆乃被张步处死。后来，刘永被自己的部将庆吾杀死，庆吾割下刘永人头向东汉投降，但事实上齐地山东、苏北仍是军阀割据状态。

刘秀派耿弇率军东征，耿弇首先面对的是齐王张步手下大将军费邑。当时费邑驻军历下，他的弟弟费敢驻守历下西边的巨里城。

耿弇先将大军压向巨里，下令军中"准备攻城械具，三日后全力进攻"，然后暗中让部分俘虏逃走，这个"情报"乃传至费邑耳中。费邑果然在三日后，亲自率领三万精兵前来救巨里城，想要内外夹击耿弇。

耿弇接获探马来报，喜上眉梢，对将领说："我下令准备攻城械具，就是要诱费邑来。如今他来了，我们不攻击他的野战军，难道还去攻城？"这句话是依循《孙子兵法》"上兵伐谋，其次伐兵，其下攻城"，费邑不来，只能攻城，既然来了，正中耿弇下怀。

耿弇下令三千人在巨里城外布阵佯攻，自己率领精锐部队在山冈坡后埋伏。等费邑军到，伏兵自高处冲下，大破齐军，当阵斩杀费邑，向城中展示人头，城中立刻被恐怖气氛笼罩，费敢弃城突围，逃奔张步。

接下去，耿弇大军指向齐王张步。当时，张步的都城在剧县（今山东省寿光市），他的弟弟张蓝率精兵二万人驻守西安（临淄城西方，不是今天的西安市），齐王张步任命的诸郡太守，统各郡起义军万余人守临淄城，西安与临淄两城相距四十里。

耿弇大军推进到西安、临淄中间的画中（地名，因溮水为名），视察两城，发现西安城小而坚，张蓝手下都是精锐部队。相反地，临淄城虽负盛名，城又大，但由于城内是杂牌军，反而容易攻破。于是下令：全体将校五天后会合，向西安城发动总攻击。张蓝接获情报，日夜戒备。

日子到了，夜半，耿弇下令全军在营帐中用餐（若在外面开饭，远处会望到炊事火光，晓得汉军准备吃饱攻击），天色微明，大军已推进到临淄城下！

护军荀梁向耿弇力争，认为："攻临淄，西安必然来救，我们将腹背受敌；攻西安，临淄不会来救（因诸郡民兵群龙无首）。所以，不如攻西安。"

耿弇说："不对。西安现在正加强戒备，担忧自己受攻，哪有余暇救人？临淄城中没有准备，突然面对大军，必定惊扰慌乱，我军可以一天之内攻克临淄城。拔了临淄，西安陷入孤立，我们切断它与剧县的交通，城中守军一定会弃城，这正是所谓'一箭双雕'之计。如果先攻西安，一时攻不下来，大军被困在坚城之下，死伤必定大增；即使攻下西安，张蓝带领人马进入临淄，两城兵力合并，坐在城中监视我们。我军深入敌境，运输线绵长，一旦接济不上，不出十天半月，就会陷入困局。"

于是下令进攻临淄，只花了半天就攻克，大军入城。张蓝闻报，弃城逃往剧县。耿弇下令：禁止房掠，扬言"等张步到来，一起取用"。

张步接获探马报来耿弇的狂言，大笑说："尤来、大彤等十余万人军队，我都杀到他们营垒前，将他们摧毁。耿弇的兵力比他们少得多，而且远来疲惫，我难道还怕他不成？"召集三位弟弟与将领，动员大军，号称二十万人，浩浩荡荡开往临淄城。

耿弇上书报告战术："我将深沟高垒以待张步，他的军队从剧县行军而来，既疲劳又饥渴。他若前进，我将引诱他深入后予以痛击；他若想要撤退，我将紧咬追击。我军以逸待劳、以实击虚，十天半个月之内，可以将张步脑袋摘下。"

耿弇依既定战术，在淄水河畔布阵，先遭遇前大彤将领重异，上谷突骑（耿弇的嫡系打击部队）想要冲锋，耿弇怕吓跑了张步，要他们少安毋躁，并下令"转进"临淄小城，在城内编组战斗队形，另派将领在城外列阵。

张步只看到城外的小部队，下令大军攻击。耿弇在城上观察战况，等待时机，亲率上谷突骑拦腰攻击张步，获得重大战果。

战斗中，流矢射中耿弇大腿，耿弇抽出佩刀，切断箭杆，左右都不知道大将中箭负伤。这一仗，双方杀到天黑，各自收兵，隔一天，耿弇仍然亲自领军出战。

刘秀当时驻军鲁城（今山东省曲阜市），接获战报，亲自领军前往临淄支援。援军尚未到达，幕僚建议耿弇闭营休士，等皇帝大军到来，耿弇说："皇上驾到时，我们当臣子的，理当杀牛、供酒迎接，岂可将贼子留给皇上操心？"于是再发动攻击，从早上杀到黄昏，再度大破齐军，沟渠堑壕都填满了尸体。

耿弇预料，张步受到重创，会脱离战场，因此在左右两翼埋下伏兵。入夜，张步果然趁夜撤退，伏兵突起攻击，一路追杀八九十里，沿途尸横遍野。张步逃回剧县，三个弟弟各自带领人马散走。

数日后，刘秀抵达临淄，亲自劳军，并在群臣大会上表扬耿弇："从前，韩信攻破历下，打破楚汉僵局，奠定汉朝基业；而今，将军攻破祝阿，为统一大业奠下良基。这两地都是故齐国的西境，你俩的功业也足堪比拟。而韩信是袭击已经投降的敌人，将军却是力战摧毁劲敌，比起韩信更高一筹。将军从前在南阳时，就曾提出平齐的大战略，只因形势变化而未能实施，因此难免落落不得志。如今能够一展抱负，诚所谓有志者事竟成啊！"

耿弇继续扫荡，张步和三个弟弟都投降，齐地完全平定。

【原典精华】

闳力不敌,乃诣步相见。步大陈兵而见之,怒曰:"步有何罪,君前见攻之甚!"闳按剑曰:"太守奉朝命,而文公[1]拥兵相拒,闳攻贼耳,何谓甚邪!"

——《资治通鉴·汉纪三十二》

①文公:张步字文公。

【原典精华】

帝谓弇曰:"昔韩信破历下以开基,今将军攻祝阿以发迹,此皆齐之西界,功足相方[1]。而韩信袭击已降,将军独拔劲敌,其功又难于信也。……将军前在南阳,建此大策[2],常以为落落难合,有志者事竟成也!"

——《资治通鉴·汉纪三十三》

① 相方:相比拟。
② 建此大策:耿弇最早提出"平齐策"。

(五)(六) 非但君择臣，臣亦择君

刘秀自己平定河北，冯异与寇恂平定河南，耿弇平定山东，冯异又收拾了关中。至此，刘秀已经掌握天下十之八九，只剩西方还没平定。

西方有二雄：割据陇右（今甘肃省）的军阀隗嚣与割据四川的成家皇帝公孙述。

更始称帝那一年，新莽内部发生未成功的政变（事见第四十二章），陇右豪族隗崔、隗义聚集同志起义，袭杀地方官，打起"灭莽兴汉"旗帜。

豪族造反与平民起义作风不一样，不会个个抢当首领，隗氏推出族中名声最好的隗嚣为领袖，而隗崔、隗义甘愿作为隗嚣的属下。隗嚣的称号是"上将军"——因为他知道天下人心思汉，所以不称帝也不称王。隗嚣敦请夙负盛名的方望为军师，方望建议隗嚣放置汉高祖刘邦的祭庙，盛大祭祀高祖、文帝、武帝。隗嚣等自称"臣"，斩马宣誓效忠刘氏、恢复汉室，然后向甘肃各郡、国发出文告，声讨王莽，一时集结十万之众。等到更始称帝，王莽败死，隗嚣乃响应玄汉。

更始皇帝入关，隗嚣家班前往长安宣示效忠，刘玄封隗嚣为御史大夫。张卬阴谋叛变时（事见第五十二章），拉拢隗嚣参与。刘玄声称有病，不参加大祭，反召张卬、廖湛等入宫，当时隗嚣感觉不对劲，就没有一同入宫。及至张卬等杀出皇宫，隗嚣也逃回天水（今甘肃省天水市）。

回到天水，隗嚣集结旧部，重振声势，自称西州上将军（西州指关中之西，以示不称帝，仍属汉家正统）。三辅的士大夫因赤眉入关，大批逃难到陇右，隗嚣礼贤下士，亲切接待，不自恃身份，折节下交，网罗其中优秀人士为幕僚。

之后，邓禹"驱狼赶虎"时，隗嚣曾配合攻击更始，赤眉出长安，流窜到陇右，被隗嚣派兵击退。光武帝刘秀派来歙出使陇右，隗嚣也派出使节去洛阳友好访问。刘秀给隗嚣的书信，称呼都采用身份对等的字眼，等于承认隗嚣是一方之主。

东汉平定河南，隗嚣派出手下最优秀人才马援，出使成家皇帝公孙述。马援跟公孙述小时候是邻居，马援去到成都，公孙述大阵仗欢迎，要封马援为侯、拜为大将军。马援随行的宾客都私下高兴，但马援对他们说："天下未定，公孙述不但不礼贤下士，还摆出皇帝的架子，如同一个巨大人偶，这种人何足依靠！"回到凉州，对隗嚣说："公孙述是个井底蛙，不如专心事奉东方（刘秀）。"

于是，隗嚣再派马援"往观"刘秀。

刘秀完全不摆架子，在洛阳宣德殿南边的走廊下接见马援，却只在头上包了帻巾（儒士装束），坐在席上，笑着说"阁下遨游二帝之间，今日相见，令人惭愧"，意思是"你先去看公孙述，然后才来我这里，显然有先后轻重之别，令我惭愧"。

刘秀有什么好惭愧的？其实那是以退为进的客套话。他有情报得知马援去过了成都，而且仪式隆重、场面盛大，公孙述肯封马援为侯，而他"给不起"——马援是隗嚣的部属，封马援为侯，隗嚣自然得封王，可是刘秀以汉室正统自居，谨记高祖刘邦教训，打死不封异姓为王，他之前不肯封张步为"齐王"，又岂肯封隗嚣为"凉王"。所以刻意做出与公孙述截然相反的风格，口头上不能不为礼数上的"寒酸"惭愧一下。

马援是当世英雄人物，只是没有称王、称帝的机运而已。这一场会面，堪称当世两大高手过招。刘秀称帝，但努力放低姿态；马援是使者身份，叩首拜谢，却说出了旷世名句："处在今日的国际局势之下，不只是君主选择臣子，臣子也选择君主啊！"

马援回到凉州，隗嚣问："东方（刘秀）怎么样？"马援说："开诚布公作风如汉高祖刘邦，博学能干则前世无人可比。"意思是刘秀比刘邦还优秀。隗嚣内心不服，但是因此而在公孙述与刘秀之间，选择偏向刘秀。刚好，公孙述发动大军进攻关中，被东汉征西大将军冯异痛击。这时，隗嚣派出军队协助冯异，算是表明了立场。

刘秀亲自写信向隗嚣表示感谢,说:"将军位处关键所在,向南抵挡公孙述,向北镇压羌人与匈奴,而冯异全靠你的支援才能在三辅立足。若没有将军相助,恐怕长安早就被他人占领了!……愿我俩友谊永固,如管鲍之交。今后我俩都以亲笔信件来往,免得他人挑拨离间。"

【原典精华】

宾客皆乐留，援晓之曰：「天下雌雄未定，公孙不吐哺[1]走迎国士，与图成败，反修饰边幅，如偶人形，此子何足久稽[2]天下士乎！」因辞归，谓嚣曰：「子阳，井底蛙耳，而妄自尊大！不如专意东方。」

……

帝在宣德殿南庑下，但帻[3]坐，迎笑，谓援曰：「卿遂游二帝间；今见卿，使人大惭。」援顿首辞谢，因曰：「当今之世，非但君择臣，臣亦择君矣！」

——《资治通鉴·汉纪三十三》

[1] 吐哺：周公礼贤下士时，吃一顿饭，三次将口中食物吐出，求才的优先性高于一切。

[2] 稽：用法同"羁"。久稽天下士：留住天下人才。

[3] 帻：音"则"，文士包头发的方巾。此处作动词用，意谓不戴皇冠，只包头巾。

五七 窦融

隗嚣对马援评论"刘秀强过刘邦"心中不爽,就去问另一位重要幕友班彪:"从前,周朝灭亡以后,战国诸侯相争好几个世代,天下才定于一。你认为,合纵连横的故事会不会重演?还是仍会由一家完成统一?"

隗嚣的问题,其实是考班彪对天下大势的看法:当前应该维持割据,发挥合纵连横功夫?还是应该争胜天下?

班彪说:"周朝的兴亡跟汉朝的兴亡完全不一样。周朝是封建制度,诸侯各自为政,才会形成合纵连横。汉朝沿袭秦朝制度,任何一个封国都没有百年以上的统治基础,因而这十几年内的动荡,群雄并起,莫不假借刘姓名号,所以人心所向,仍然是汉朝刘氏。"

隗嚣仍不服气,说:"先生对周朝、汉朝的差异分析,我完全同意。可是对时下愚人迷信刘氏,认为汉朝必将复兴,我却不能苟同。当年秦失其鹿,刘季原本只是个瘪三,最终却由他统一天下,那时候的老百姓,难道也人心思汉吗?"

隗嚣一贯自我定位为汉臣,如今对刘邦不称"高帝",而称"刘季",看得出他对"人心思汉"大势的恼怒与无奈。

班彪仍然企图劝隗嚣不要一意孤行,就撰写一篇《王命论》,大要为:世俗但见高祖从一介平民当上皇帝,不明白个中道理,乃至于将争天下比喻为逐鹿,脚快的侥幸先得。其实是天命所归,不是人力可以扭转。英雄豪杰应该领悟天命所归,不要逆势而为,则福泽乃能流传给子孙,自己也得保平安。

隗嚣无法接受班彪这套理论,班彪于是离开天水,前往河西,投奔窦融。

窦融又是何许人?窦融的祖先世代都在河西诸郡当官,成为河西大族巨室。他曾私下对兄弟说:"天下治乱难以预料,河西四郡殷实富足,既有黄河为屏障,又有一万余精锐骑兵,万一天下情势有变,足以自保,这是咱们家族可以安身立命的地方。"

玄汉政权进入长安,窦融运用关系,做了张掖属国(属地包括河西四郡)的都尉,掌握军队调度实权,与河西诸郡太守、西羌诸部深为结交。因此在玄汉政权灭亡后,得到地方各股势力拥护,推举为"行河西五郡大将军事",辖武威、金城、张掖、酒泉、敦煌五郡。

隗嚣心中对"刘氏独尊"开始排斥,心中起了"大念",首先要拉拢的就是窦融。他派张玄前往游说窦融,站在窦融的立场分析:"之前刘玄虽然已经建立了大业,但旋即灭亡,这是'一姓不再兴'(刘氏不能复兴)的证明。以目前的形势，若太早认定主子，难免受到他的拘束制约，失去自己的权柄，甚至将来随着他灭亡，追悔莫及。而今天下英雄豪杰正逐鹿竞争，雌雄未决，我们的正确战略，是巩固自己的根据地，跟陇（隗嚣）、蜀（公孙述）合纵。运气好的话，天下再度分裂，我们可以成为六国之一；运气不好的话，至少也可以割据一方，当一个南越王赵佗。"

这是一个大战略，窦融召集幕僚商量。有人主张认定刘秀，但也有人反对，莫衷一是。窦融内心是倾向东汉的，于是派出使节张钧，带着奏章（交心表态）前往洛阳。

就那么巧，刘秀也派出使节前往河西，路上相遇，乃一同前往洛阳。刘秀盛大招待张钧，再命张钧回去复命，并带去一封玺书，说："当前大势，益州有公孙述、天水有隗嚣，如果东西发生战争，阁下就有举足轻重的分量，对哪一边都有无可估量的强大影响。将军想要建立齐桓公、晋文公的霸业（尊王攘夷，意指支持刘秀），抑或鼎足而分、合纵连横，也应早日有所决定。天下尚未统一，你我远隔绝域，并非相吞之国。料想必定有人向阁下提出当年赵佗在南越独立的计谋，但是君王只能分割土地，不能分割人民，请阁下仔细评估，决定动向。"

这份玺书到达河西，窦融的幕僚重臣个个大吃一惊，认为刘秀真是英明，居然料中了千里之外发生的状况（张玄以赵佗之例游说窦融），于是鼓励窦融接受东汉册封为凉州牧，一心归附东汉。

【原典精华】

嚣曰:"生言周、汉之势可也,至于但见愚人习识刘氏姓号之故,而谓汉复兴,疏矣!昔秦失其鹿,刘季[1]逐而掎[2]之,时民复知汉乎?"

——《资治通鉴·汉纪三十三》

①刘季:刘邦排行老三,年轻时,乡人都称他刘季。
②掎:音"jǐ",用力拖住,牵引。

(五八) 神龙失势，与蚯蚓同

隗嚣自视甚高，常自比"西伯"，也就是周文王。易言之，他雄踞西戎，每天做着"天下归心"的梦，却始终犹豫不决。

他的一位高级幕僚郑兴向他分析："从前周文王已有天下三分之二的诸侯归心，仍向殷王朝表示顺服；周武王在孟津会合八百诸侯，犹退兵等待时机；高帝入了关中，仍以沛公行事（不称王）。如今大人虽恩德已著，但并非有周王室的累世经营基础，也没有高帝的赫赫战功，想要去做办不到的事情（称帝），那样只会加速灾祸降临，万万不可！"

隗嚣内有这些反面意见，外有窦融牵制，于是暂搁称帝大梦，但是对这些逆耳忠言非常不爽。等到刘秀平定齐地，隗嚣心情受到冲击，就把长子隗恂送去洛阳当人质。刘秀任命隗恂为胡骑校尉，封镌羌侯。

趁陇右与洛阳之间气氛良好，郑兴把握机会，请求返回故乡，安葬父母。隗嚣起初不准，经不住请求，终于批准。而马援也趁机携家带眷，连同家中宾客，一起去了洛阳。

隗嚣的另一位重要幕僚申屠刚劝谏："汉（刘秀）已经得到天下人心归附，皇帝诏书不断颁下，一再表示愿与将军有福同享、有祸同担。将军你害怕什么？又贪图什么？一直迟疑不决！一旦发生突变，对上不忠不孝，对下惭愧一生。我忠言已尽，恳请考量我这个老人的愚昧意见。"

但隗嚣仍然不听。于是，投奔隗嚣的关中流亡知识分子，逐渐离去。

这下子，隗嚣身边渐渐只剩下主张独立称帝的人，其中以王元的意见为典型："之前，更始定都长安，四方响应，天下咸称自此太平。却想不到玄汉政府刹那崩溃，将军几乎没有立足之地。如今南方有公孙述，北方有刘文伯（另一位"汉帝"，本名卢芳，假称姓刘），天下称王称公者还有十数人。如果听那些书呆子的言论，放弃自己能够掌握的千乘（指列国）基础，去投靠一个风险仍高的王朝，以为可以获得保全，这不是重蹈覆辙吗？如今天水富饶，兵强马壮，用一颗泥丸就可以封住函谷关，这是建立万世基业的大好时机。即令不发动大军东征，且暂时蓄养士马，据险自守，等待天下有变，这样，不当王，也可以称霸。重点在于，鱼不可以脱离深渊，神龙若失去凭借，跟一条蚯蚓没两样！"

隗嚣拿不起、放不下，刘秀却不容许他继续以拖待变，诏令他率军南下攻击公孙述。隗嚣上书说："蜀道难，且大部分已经坏朽，进军困难。听说公孙述作风严酷，成家帝国上下猜忌，不如等他恶贯满盈再发动攻击，将可势如破竹。"

刘秀确认了隗嚣的立场，决定以武力解决。派出耿弇、盖延、寇恂、祭遵、吴汉等，一共七路大军，同时派来歙前往天水，提出最后通牒。这个节骨眼上，最难自处的就是马援。他不能不表态，于是上书刘秀，请求前往关中，向刘秀陈述消灭隗嚣的方略。

刘秀召见马援，听取他的作战计划后，拨给他五千突骑，往来游说隗家军的将领和诸羌部落首领，向他们分析祸福利害。东汉将领每次遭遇问题，都向马援请教，由于马援熟悉陇右内情，问题都得以解决，因此诸将对马援都非常敬重。

另一方面，河西的窦融写信劝隗嚣千万不可让"百年基业，毁于一旦"。隗嚣当然不会理他，于是窦融象征性地出兵，沿着黄河展示了一下武力，主力并未出动。而刘秀认为这样就够了，下令修饬窦融父亲的坟墓，以太牢祭祀，不断派出使节赏赐窦融——这是一种心理战行动，持续对陇右制造压力。

隗嚣见战事不利，使出缓兵之计，写信给刘秀说："如今我的生命掌握在朝廷手中，要我死就死，加我刑我就服刑。若蒙宽恕，让我有机会洗心革面，我死了也感谢！"

刘秀看穿隗嚣没诚意，回信说："阁下如果现在束手就擒，并且再送一个人质来洛阳（之前已经有一子隗恂为人质），则可保阁下官爵俸禄。我年将四十，在兵马中度过十个年头，厌恶虚辞浮语。如果阁下不同意,就不必回信了。"刘秀的意思很明白:赶快投降,不要妄想拖延时间等待转机。

隗嚣发觉缓兵之计无效,乃派出使节,向公孙述称臣。公孙述封隗嚣为朔宁王,派出军队支援。

【原典精华】

（王元）说嚣曰："昔更始西都，四方响应，天下喁喁[1]，谓之太平，一旦坏败，将军几无所厝[2]。……而欲牵儒生之说，弃千乘之基，羁旅危国以求万全，此循覆车之轨者也。……图王不成，其敝犹足以霸。要之，鱼不可脱于渊，神龙失势，与蚯蚓同。"

——《资治通鉴·汉纪三十三》

① 喁：音"yóng"。喁喁：鱼嘴向上，喻仰望期待。
② 厝：安置。

五九 得陇望蜀

隗嚣成为成家帝国的朔宁王，令曾经多次出使陇右、斡旋双方关系的来歙面子上挂不住，因此请命率领奇兵突袭。光武帝刘秀拨给他二千余人。这支奇兵翻山越岭、披荆斩棘，穿越山区直袭略阳，斩杀守将金梁。隗嚣大为震惊："怎么可能如此神速！"

东汉将领吴汉等听说来歙夺了首功，争着要率军西进。刘秀认为，隗嚣突然失去险阻，最重要的战略城池略阳陷落，势必动员最精锐的部队反击，应等到朔宁军师老兵疲才是发动总攻的时机，于是下令吴汉等回军。

果然，隗嚣亲率大军数万人，包围略阳，公孙述派来的援军也加入战斗。联军从山上挖掘石头，建筑堤坝，企图拦住河水淹没略阳。来歙率二千余人誓死固守，箭射尽了，就拆除民房，搜括木材竹片，制作武器。结果，隗嚣全力进攻一个多月，仍攻不下略阳。

刘秀估计隗嚣已经师老兵疲，乃亲率大军出击。多数将领劝谏"帝王不该进入远险山区"，刘秀有点犹豫，于是召来马援征询意见。马援指出："隗嚣军队正有土崩瓦解的趋势，此时大军压至，必可击破劲敌。"马援当场用米粒堆出山谷河川地势（原始的沙盘推演），战区地势尽在眼底，分析进军路线十分清晰。刘秀说："好了，隗嚣已在我掌握之中。"

河西的窦融也率军前来会合，联军沿着陇山前进。刘秀在过去一段时间的拉拢工作开始出现效果，朔宁大将十三人、属县十六个、部队十余万陆续倒戈。

连番不断的探报传来，隗嚣在震骇中抛下军队，只带着妻子、儿女和少数卫士，投奔屯驻西城（天水西南）的大将杨广。

刘秀继续进军，并下诏给隗嚣（已经不再用私人书信，以示不再将嚣视为与自己身份平等。）："你若放下武器，前来归附，父子还可相见，我保证你没事。但若一定要当英布，你自己负责。"隗嚣到了这个地步，当然不可能投降，于是刘秀下令诛杀人质隗恂。

但是就在胜利即将到手之际，后方发生巨变：颍川盗贼聚众造反，河东军队叛变，两地距洛阳各只有大约一百一十公里，首都洛阳受到严重威胁。

刘秀即刻东返，日夜兼程。来不及当面交代，只能以书信训示诸将："如果攻下两城（隗嚣只剩下上邽与西城，攻下两城，意味着陇右平定），就乘势南向进攻公孙述。人，总是不能以现状为满足，既然平定陇地，当然要望向蜀地。每次决定要出兵，发须都应为之发白（指殚精竭虑）！"

刘秀赶回洛阳，以寇恂为先锋，御驾亲征颍川，起义军全部投降。可是东边起义军才平定，西边战事又陷入胶着。吴汉与岑彭等遭遇挫败，退回关中，安定、北地、天水、陇右再回归隗嚣。

然而，变化来得极快，隗嚣因之前的挫败而病倒，懊悔与愤怒交织，终至一病不起。大将王元、周宗拥立隗嚣的小儿子隗纯，据守冀县继续抵抗，但终究难挽颓势，被来歙等攻破冀县。将领们"献出"隗纯，陇右平定，只有王元逃奔公孙述。

【原典精华】

帝自上邽[1]晨夜[2]东驰,赐岑彭等书曰:"两城若下,便可将兵南击蜀虏。人苦不知足,既平陇,复望蜀。每一发兵,头须为白[3]!"

——《资治通鉴·汉纪三十四》

①上邽:位在天水东南。
②晨夜:不分昼夜。
③头须:头发与胡须。

六十 公孙述

隗嚣兵败逃离天水时,成家军队也撤退回蜀地。公孙述知道马上就会遭到东汉攻击,决定先发制人,派出大军数万人,向东攻击夷陵(今河北宜昌),进据荆门山、虎牙山(都在湖北)。沿长江布防,陆路兴筑碉堡、城楼,水路则以大木巨石阻断船舶航道。而东汉的征蜀远征军则兵分二路:来歙与盖延由甘肃南下,岑彭与吴汉循长江西上。

公孙述的来历必须有个交代。他原本是新朝政府任命的导江卒正(就是蜀郡太守),一向以才干闻名于世。天下大乱时,公孙述治下仍能维持一片净土。

大约与隗氏聚众起义同时,汉中地区起义军领袖宗成、王岑,打着玄汉旗号,集结数万人,击斩益州牧宋遵——乱事已经到了公孙述的辖区,于是他做出决定,迎接宗成、王岑共商大计。

可是,宗、王率领的起义军到了成都,与玄汉诸将一般,横暴房掠。公孙述对郡中豪杰壮士说:"天下人不堪新朝政府暴政,怀念汉朝政府的日子,所以一听说汉将军来到,奔走相迎于途。而今又如何？人民是无辜的，妻子儿女却受到凌辱。这些家伙根本不配称为义军，根本是强盗！"

于是，派人假冒玄汉帝国的钦差大臣，带着印信，任命公孙述为辅汉将军，兼蜀郡太守，又兼益州牧。公孙述在得到"正式任命"之后，起兵击斩宗成、王岑，兼并他们的军队。从此，公孙述割据蜀地，与中原的逐鹿战局不发生关系。赤眉灭了玄汉，公孙述顺势称帝。

公孙述虽然没有统一天下的本事，可是既然称帝了，就百般想出点子，来"证明"他的确有皇帝命。

首先，他在手掌上刻文"公孙帝"。可是，人的掌纹是无法改变的。可以用刀割、用火烙，但只能留下伤痕；或许毁掉了原本的纹路，却不能创造新的纹路。历史上也并无记载公孙述向他人出示掌纹上的"天命"，显然这一招未能收效。

之后，他对外宣称自己就是"当涂高"。这是有来历的，西汉时期流行各种符命、图谶，其中一个《春秋谶》上有一句"代汉者，当涂高也"，于是人们言之凿凿，将来取代汉朝的真命天子就是"当涂高"。

公孙述甚至写信给刘秀，自陈他上应符命。

刘秀回信，说："图谶上面说，'公孙'要当皇帝，那个'公孙'已经验在汉宣帝，而取代汉朝的人，姓当涂，名高，阁下难道是当涂高的化身？阁下还将你的诡异掌纹当作祥瑞，这些都是王莽搞过的把戏，又怎能仿效呢？阁下于我并不是乱臣贼子，只不过处在乱世，人人都想称王而已。阁下年岁已大,妻儿却还小,应该早点儿为他们打算啊!天子之位是上天应许,不可以强求的,请阁下三思而行。"信封上的称谓是"公孙皇帝",公孙述则没有回复。

正如马援所说,公孙述是个志大才疏的角色,学到了王莽的皮毛,就想称帝。如今汉军攻来,可不是图谶、掌纹可以抵挡得了的。

【原典精华】

帝与述书曰：『图谶言公孙，即宣帝也；代汉者姓当涂，其名高，君岂高之身邪？乃复以掌文为瑞[1]，王莽何足效乎！君非吾贼臣乱子，仓卒时人皆欲为君事耳。君日月已逝，妻子弱小，当早为定计。天下神器[2]，不可力争，宜留三思！』署曰『公孙皇帝』，述不答。

——《资治通鉴·汉纪三十四》

① 文：同"纹"。
② 神器：大禹做九鼎，成为政权正统象征。之后，"鼎""神器"都是政权的符号。

㊅㊀ 刺杀来歙、岑彭

来歙与盖延自北向南（也就是最难走的"蜀道"）进攻，大破蜀军。公孙述恐慌，派出刺客，潜入汉营，暗杀来歙，刀中要害。来歙撑着最后一口气，命人紧急召唤盖延，而盖延看见凶刀仍在来歙身上，为之惨然，伏地悲痛，不能抬头。

来歙骂他："你身为虎牙大将军，怎么这般孬种！我被刺客击中，无法继续报国，所以急忙召唤你来，要交代军国大事，你却像个小儿女一样哭个没完！虽然凶刀还插在身上，难道我就不能下令斩你了吗！"

盖延强忍泪水，起身听命。来歙交代完毕，再亲自写奏章，说："我入睡之后，被贼人行刺，伤中要害。我死不足惜，只恨任务不能完成。"

写完，丢下毛笔，抽出身上凶刀，当即气绝。

来歙死了，刘秀只得亲赴西线，坐镇长安，指挥北线军事。

南线方面，岑彭一路过关斩将，乘胜推进。昼夜不停，急行军二千余里，攻下武阳（今四川彭山，距成都六十公里），再派出精锐骑兵，袭击成都东南的广都，势如狂风暴雨，当者披靡。公孙述原本听说汉军在平曲，派延岑率大军正面迎敌，转瞬又听说岑彭竟然绕过延岑大军，直扑成都，以手杖击地，说："怎么可能如此神速！"

刘秀写信给公孙述，分析祸福，再提出会保证其安全。公孙述对着来信叹息，并拿给左右亲信传阅。亲信劝他投降，公孙述说："要兴要废，都是天命，岂有投降的天子！"左右闻言，乃不敢再劝说。

公孙述故技重施，再派出刺客。刺客假装是逃亡的奴仆，向岑彭投降。夜里，伺机刺杀岑彭。随后跟进的吴汉赶到，接收军队，继续进攻。

【原典精华】

蜀人大惧，使刺客刺歆，未殊[1]，驰召盖延。延见歆，因伏悲哀，不能仰视。

歆叱延曰：『虎牙何敢然！今使者中刺客，无以报国，故呼巨卿[2]，欲相属[3]以军事，而反效儿女子涕泣乎！刃虽在身，不能勒兵斩公邪！』

延收泪强起，受所诫。歆自书表曰……投笔抽刃而绝。

——《资治通鉴·汉纪三十四》

①殊：绝。未殊：未能立即致死。　②巨卿：盖延字巨卿。　③属：通"嘱"。

【原典精华】

帝与公孙述书,陈言祸福,示以丹青之信。述省书太息[1],以示所亲。太常常少、光禄勋张隆皆劝述降。述曰:"废兴,命也,岂有降天子哉!"左右莫敢复言。

——《资治通鉴·汉纪三十四》

---

[1] 省:读音"xǐng",检视。书:信。

(六二) 成都大屠杀

吴汉一路挺进,势如破竹,攻陷广都,火烧成都"市桥"。蜀军内部弥漫着恐慌气氛,日夜都有人叛逃。公孙述使出恐怖手段,屠杀叛逃将领全家,仍无法阻止蜀军溃散。

刘秀一心要公孙述投降,再次下诏公孙述:"不要把来歙、岑彭两人被刺的事情挂在心上。如今投降则宗族得以保全,我可不会常常写信给你。"可是他愈是如此强调,公孙述愈是担心,一旦投降会遭报复。

刘秀告诫吴汉:"成都还有十余万军队,不可轻敌,你只要坚守广都即可,不要与敌人决战。步步为营,向他施加压力,等待他力竭,乃可以出击。"

可是吴汉不听命令,亲自率领二万步骑混合兵团,进逼成都,在距城十余里处,渡过锦江,在北岸扎营,搭建浮桥,命副帅武威将军刘尚率一万余人在南岸驻扎。两军相距二十余里,相望却不相及,因为隔着一条河。

刘秀得到报告,大惊,急忙下诏责备吴汉:"我千言万语嘱咐过你,为什么事到临头却头脑不清楚!既深入敌境,又与刘尚分开,一旦有事,你俩要如何照应?敌人若出兵牵制你,然后以主力攻击刘尚,刘尚一破,你也败了。趁还没发生危机,赶快退回广都。"

诏书还没到,公孙述已经行动,派一万余人牵制刘尚,主力大军十余万人,分作二十余营,向吴汉展开总攻击。吴汉酣战一日,兵败,退回营垒,被团团包围。

吴汉召集将领,激励士气,要他们奋力突围,到南岸与刘尚联合,诸将一体应诺。于是犒赏士兵,喂饱战马,紧闭营门,三天不出战,壁垒上添加旗帜,壁内维持炊烟不绝。夜里,人马衔枚向南撤退。蜀军第二天才发觉,兵分二路,渡过锦江追击。吴汉将所有兵力投入战斗,从早上杀到傍晚,大破蜀军,斩杀对方主将,然后撤回广都。

吴汉上书认罪,自此遵守刘秀训令,与蜀军在成都与广都之间来往缠斗,汉军八战八胜,进入成都外城。这时,北路军队也攻陷绵竹,进入成都平原,与吴汉会师。

公孙述无计可施,问延岑:"我们应怎么办?"延岑教他开放府库,用金银布匹募集敢死队五千余人。延岑带领这支敢死队,突袭吴汉后方,吴汉大败,逃亡时坠马落水,死抓住马尾不松手,才脱出险境。

这时东汉远征军已经只剩下七天粮秣,吴汉私下吩咐准备船舰,打算撤退。南阳人张堪求见吴汉,陈述"公孙述必定败亡,如今撤退,则失去机会"。

于是吴汉故意示弱,引诱敌人来攻。果然,公孙述亲率数万人大军,攻击吴汉。起初蜀军三战三胜,中午以后,吴汉下令预备队反攻，蜀军大败，公孙述被长矛洞穿胸脯，坠落马下，抢救入城，当晚逝世。

第二天，延岑献城投降。吴汉两番兵败，自己差点阵亡，因怀恨而下令屠杀公孙述与延岑家族，长幼不留，更纵兵房掠成都，焚毁宫殿。刘秀闻报大怒，下诏痛责吴汉与刘尚："成都投降已经三天，官吏人民全都顺服，并未抵抗。城中单单婴儿与母亲，就有一万余口，你们居然放纵军队烧杀房掠，听到的人都为之鼻酸。你们怎么忍心做出这种惨事？仰头看天，低头视地，想想秦西巴释放幼鹿，乐羊啜食儿子的肉羹，体会一下，他们哪一个比较仁慈？你们真是失了吊民伐罪的本心啊！"

虽然以屠城收场，无论如何，刘秀的统一大业算是完成了。但是战争发动容易，收场却很难。刘秀不希望自己被逼到走上刘邦诛杀功臣的老路，于是对功臣扩大封赏，采邑高于前朝，却不让他们任官，更不再执掌兵权。

邓禹和贾复看出光武帝的用心：保护功臣的爵位与采邑，避免因犯错而下狱、撤藩。两人主动交出军权，耿弇也缴回大将军印信，大家回到家乡当太平侯爵。刘秀于是正式下诏：所有侯爵都不兼任政府官职，但以"特进"（地位仅次三公）身份，参加朝廷会报。

因此，东汉的开国功臣，没有一人受到诛杀或贬谪，世袭爵位有传至十数代者。这在后来历朝历代皆少见，可堪媲美的只有一个宋太祖赵匡胤（唐太宗李世民因为是继承父亲，只能算半个）。

【原典精华】

帝闻之怒,以谴汉,又让刘尚曰:"城降三日,吏民从服,孩儿、老母,口以万数,一旦放兵纵火,闻之可为酸鼻。尚宗室子孙,尝更吏职,何忍行此!仰视天,俯视地,观放麑[1]、啜羹[2],二者孰仁?良失斩将吊民之义也!"

——《资治通鉴·汉纪三十五》

---

①放麑:春秋时,鲁国孟孙氏打猎得到一只幼鹿,派秦西巴带回去烹食。母鹿跟在后头出声叫唤,秦西巴不忍心,放开小鹿还给了母鹿。后世以"放麑"为仁慈的代表。

②啜羹:战国时,魏国名将乐羊率军攻打中山国,当时乐羊的儿子正在中山国,中山君将乐羊的儿子烹了,还将肉羹送给乐羊,乐羊毫不犹豫地喝下肚去。后世以"啜羹"为不仁慈的代表。

后记

光武帝对功臣仁厚,唯一可以说是被刘秀刻意"修理"过的,只有马援。

当年马援担任隗嚣的使者,往观东、西二帝,他看出未来是刘秀的天下,所以后来投奔刘秀,并在征伐隗嚣时献策兼出力。刘秀平定天下之后,封马援为伏波将军,平定交趾(今越南河内)。

马援班师回洛阳,刘秀派孟冀去慰劳他。

马援说:"如今还有乌桓、匈奴等外患,我还想主动请缨前往讨伐。男子汉就要死在战场,用马皮裹着尸首下葬,总不能躺在榻上,死在哭泣的女人和孩子中间吧!"

孟冀说:"是啊!做个爷们理当如此。"

事实上,马援这是讲给皇帝使节听的表态之言。因为马援的女儿嫁给了皇子刘阳。刘阳当初是贵人阴丽华的儿子。后来阴丽华立为皇后,而刘阳成了太子,马援如果表现得飞扬跋扈,难保不引起刘秀的疑虑,担心将来外戚弄权,尤其是一位如此功高震主的外戚。为了女儿将来顺利当皇后,甚至为了将来外孙当皇帝,马援刻意交心表态。

自交趾班师回到洛阳三个月,马援就自请北击匈奴。刘秀批准了,但是这次出征无功而返。半年后,武陵(今湖南常德)蛮造反,东汉远征军失利。马援再次请求出征,刘秀这次却考虑他年纪太大,不同意。

马援对皇帝说:"我还可以披甲上马!"

刘秀教他做做看。马援在马上据鞍四顾,展现他仍能担当重任。刘秀笑着说:"好一个精神抖擞的老汉!"于是派马援率领军队四万余人征伐五溪。(武陵郡内有五条溪,所以武陵蛮又称五溪蛮。)

马援平时对晚辈总是板起面孔教训,有一次出征前,对两个晚辈梁松、窦固说:"一个人虽然富贵了,却可能因为各种理由,又变得贫贱。如果你们不想要变回贫贱,就该在居高位时洁身自好。我的话,你们好好想一想!"梁松是光武帝刘秀的女婿,也就是驸马爷,却因此成了马援的命中白虎星。

后来,发生一件"杜保案",同时指控梁松与窦固跟杜保勾结为恶,控告者更引述马援告诫侄子的家书(其中有"画虎不成反类犬"名句)。

刘秀责备梁松与窦固,并出示马援的家书给两人看。他俩吓得面无人色,叩头流血。从此,梁松对马援恨之入骨。

马援出征武陵蛮,战事不顺。副帅耿舒(耿弇的弟弟)上书指马援战术错误。刘秀派梁松担任监军,乘驿车(象征朝廷)去前线,责问马援。就在这个时候,马援因感染瘟疫,加上操劳过度，病死战场。于是梁松罗织罪状，构陷已无法辩白的马援，刘秀为此下令收回马援的侯爵印信。

史家多不解，为何刘秀独薄马援。姑妄言之，刘秀大约是汲取了西汉的历史教训，而采取了他认为的必要措施。

当然马援有点冤枉，因为他的家教甚严，他的女儿，汉明帝的马皇后、汉章帝的马太后，不但自身节俭，更努力压抑外戚家族，是东汉"明章之治"的最大内助。

然而，刘秀的"帝国永续方程式"却不能保住帝国永续。东汉近二百年国祚，除了明帝、章帝，几乎就不曾摆脱外戚干政。讽刺的是，东汉史中最跋扈的两个外戚家族，刚好是梁松与窦固的家族；且更因小皇帝无法忍受外戚的跋扈，借助宦官之力铲除外戚，而造成宦官干政。

刘秀对中国历史最大的影响（我个人认为是负面影响），是证明了"人心思汉"成立——假设是赤眉、隗嚣或公孙述之一统一天下，"人心思汉"就不成立了。后来也不会出现一些延续烂政权的偏安、流亡政府（如东晋、南宋、南明），因而拖长了人民的痛苦岁月。

【原典精华】

马援自交趾还，平陵孟冀迎劳之。

援曰：「方今匈奴、乌桓尚扰北边，欲自请击之，男儿要当死于边野，以马革裹尸还葬耳，何能卧床上在儿女子手中邪！」

冀曰：「谅！为烈士当如是矣！」

——《资治通鉴·汉纪三十五》

马援请行，帝愍其老[2]，未许，援曰：「臣尚能被甲上马。」帝令试之。援据鞍顾眄[3]，以示可用。帝笑曰：「矍铄哉是翁[4]！」遂遣援率中郎将马武、耿舒等将四万余人征五溪。

——《资治通鉴·汉纪三十六》

①谅：本义"信、实"，此处犹言"是啊"。
②愍：体恤。
③眄：音"miǎn"，斜着眼看。顾眄：回头斜眼看人，有得意的味道。
④矍：音"jué"。矍铄：形容老而身手矫健。